打工吧★魔王大人 8

和ケ原聡司
插畫■029
Satoshi Wagahara
Illustration■Oniku

CONTENTS!

序章
P010

勇者，暫時告別
P015

魔王，邂逅
P061

魔王，姍姍來遲
P169

續章
勇者，流淚
P318

team
Docodemo
team
主夫&家管
&尼特族

打工吧★魔王大人

8

Satoshi Wagahara
Illustration Oniku
和ケ原聡司
插畫 029

Kadokawa Fantastic Novels

序章

沒想到會有這一天的到來。

煩惱的事情至今仍未獲解決。

考慮到自己的立場，這已經完全稱得上是怠忽職守，或是背棄任務了。

不對，真要說的話，打從一開始的那個時候開始，自己就一直擱置應該完成的任務，過著漫不經心的日子。

只要有心，想列出幾個不得已的理由都輕而易舉。

不過若說到自己是否每次都有積極地做出決斷，那答案絕對是否定的。

自己只是隨波逐流而已。

從頭到尾都只想著解決眼前的狀況，對目的視而不見，等回過神來時，才發現這麼做變得十分舒適，於是到了現在，最初的目的在自己心裡正逐漸變得無關緊要。

坦白講，事到如今——

「我已經不曉得……到底該不該殺死魔王了。」

『……這樣啊～～』

從電話另一端傳來的舊友聲音，聽起來毫無責難之意。

倒不如說，甚至是帶著某種類似鬆了口氣，以及體貼自己般的語氣。

『我之前～就覺得事情或許會變成這樣呢～』

「怎麼說？」

『嗯～之前見面的時候～』

好友苦笑道：

『我就覺得下次見面時～艾米莉亞大概也不會想打倒魔王吧～』

「我實在無話可說。」

『沒關係啦～既然艾米莉亞會這麼認為～就表示一定發生了什麼足以讓妳這麼想的事情吧～而且……』

好友難得清楚地斷句，繼續說道：

『艾米莉亞本來就有選擇的權利。』

「什麼意思？」

摸不著頭緒的勇者一反問，好友便回答：

『照理說在奧爾巴背叛時～艾米莉亞也能選擇向我們復仇才對～』

「咦？我怎麼可能對你們做出那種事……」

『我不是指我或艾伯特～而是教會與整個安特．伊蘇拉喔～因為這個世界對艾米莉亞恩將仇報～所以即使艾米莉亞打算復仇～也沒有任何人有權利阻止妳～實際上應該也沒人阻止得了吧～』

「什麼嘛，原來妳是指這件事啊。」

若是滿腦子只想著殺死魔王的少女勇者時代，或許真的會對同伴的背叛和世界接受自己死亡的事實，感到絕望也不一定。

不過現在不一樣了。

「因為就連這個網路普及且人人都有手機的世界，都很難挑選正確的情報了，更何況是至今都還沒脫離封建社會的安特．伊蘇拉呢？要是連這點程度的誤解都一一放在心上，那不是會沒完沒了嗎？」

『網路～？』

「沒什麼，是我這邊的事情。總之，因為我這個人其實還要更單純、遲鈍一點，所以不會去想那種愚蠢的事情啦。」

『雖然不是很懂～但這樣我就安心了～不過～若哪天妳有這個意思～記得要告訴我喔～？』

「妳到底是想慫恿我，還是勸阻我啊？」

勇者苦笑地問道，而好友也乾脆地回答：

『無論艾米莉亞選擇哪一條道路～～我都會站在妳這邊～～所以即使必須一起毀滅世界～～我也在所不辭～～』

「身為人類最強的法術士，別說這麼危險的話啦。萬一被教會盯上，我可不管喔？」

『真是的～～盯上我的人早就多到能串成沙丁魚串批發給魚販的程度～～這根本就不算什麼啦～～』

隨口應付不曉得認真到什麼程度的好友後，勇者看向腳邊。

那裡放了一個塞得鼓鼓的大背包。

「總而言之，下個週末就麻煩妳啦。」

『交給我吧～～』

安特．伊蘇拉的最強法術士兼過去的旅伴，艾美拉達．愛德華以活潑的語氣回答。

勇者，暫時告別

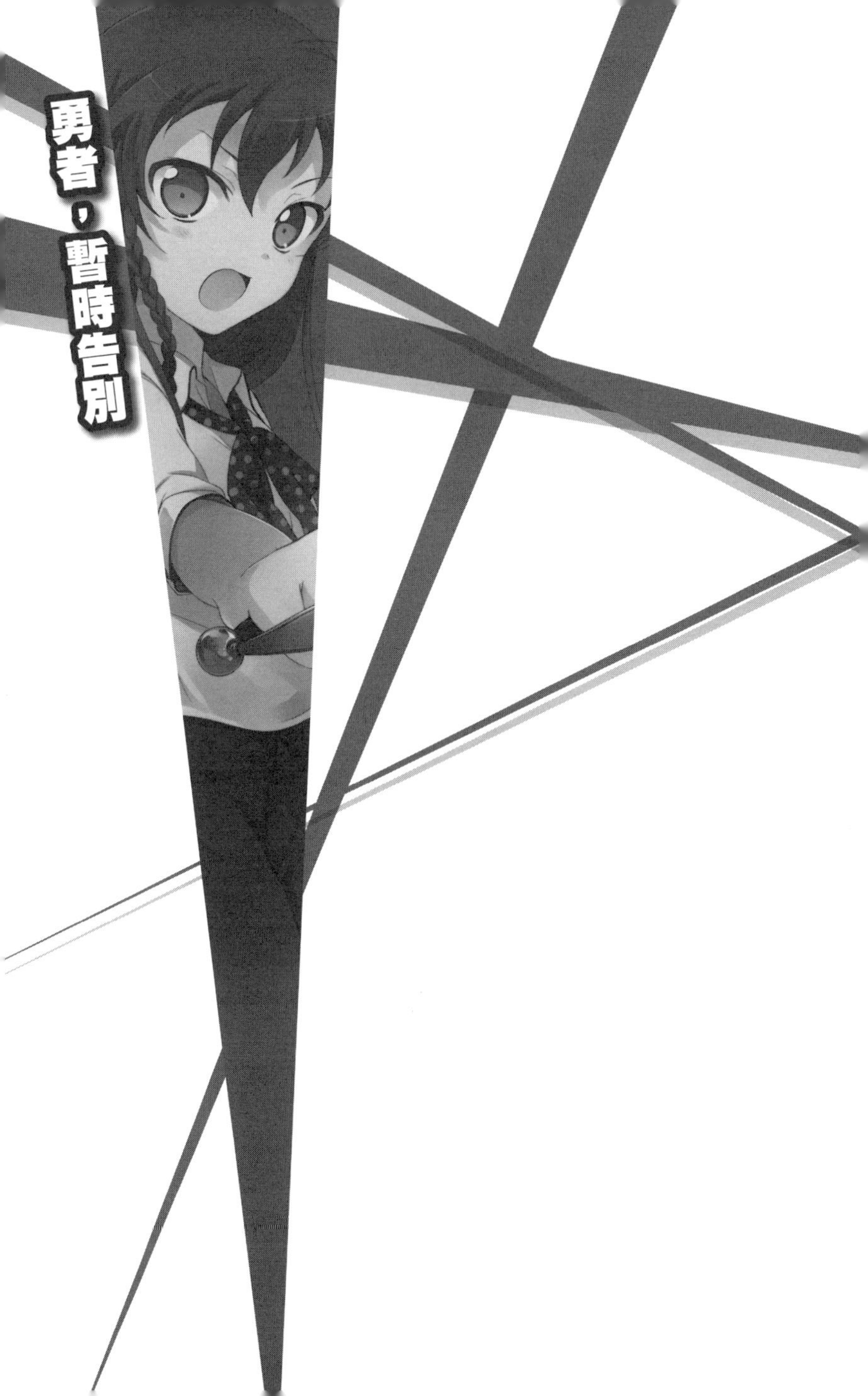

晚餐的筵席上充滿了跟平常一樣的平穩氣氛。

剛煮好正冒著熱氣的米飯、蘿蔔味噌湯，託微波爐專用的特殊烤盤紙的福，最近餐桌上開始能見到烤魚的身影。

另外一道冷豆腐上放了切碎的蘘荷（註：屬薑科薑屬多年生草本植物。具有特殊香氣、色彩、辣味，為日本香辛菜類代表）。桌子中央的大盤子裡則裝著烤茄子。

電視上播的新聞畫面，一開始就在報導地方舉辦的傳統祭典，看來今天並沒有發生什麼擾亂世界和平的事件或意外。

從開著的窗戶可見天色漸暗，流進室內的風隱約帶來了鎮上的生活氣息。

位於東京一角的某個公寓房間，正準備進入這個任何人都能切身感受到世界和平的晚餐時刻。

然而此時僅僅一句話，便打破了進駐東京都澀谷區笹塚的木造公寓——Villa・Rosa笹塚二○一號室的魔王城的平穩氣氛。

「我要回老家一段時間。」

這句與平和家庭的晚餐時光極不搭調、披著平和外皮的震撼發言，讓所有人都當場僵住。

「啊？」

「什麼？」

「妳說什麼？」

「這、這是怎麼回事？」

「老、老家？」

「我喜歡豆腐！」

在場六人六種不同的反應，讓丟下那顆震撼彈的女性——異世界安特．伊蘇拉的勇者艾米莉亞．尤斯提納——遊佐惠美嚇了一跳。

「你、你們這是什麼反應？」

單手拿著書本、難得坐在電腦桌前面的魔王城之主，魔王撒旦真奧貞夫板起臉回答：

「大家都無法掌握妳這項發言的真意啦。」

「咦？」

照理說平常都待在電腦桌前的男子，從開著的壁櫥第二層回答一臉訝異的惠美：

「艾米莉亞，妳自己再重新說一次剛才那句話看看。佐佐木千穗的腦袋裡，可是就快要發展出真奧和妳圍繞著阿拉斯．拉瑪斯糾纏不清的家庭劇，一個人陷入恐慌……」

「漆原先生！」

「唔哇！好險……」
全世界第二適合被收進壁櫥裡兼這個房間的負擔——墮天使路西菲爾即漆原半藏，以諷刺的笑容說道。
被指名的高中女生佐佐木千穗，滿臉通紅地將漆原推進壁櫥關上拉門。
「喂，佐佐木千穗，妳幹什麼啦！」
壁櫥裡傳出漆原拍打拉門的抗議之聲。
「誰叫漆原先生要突然亂說話！」
為了阻止毫不自重的漆原，千穗漲紅著臉壓住拉門。
「小千姊姊，妳的臉好紅喔。」
一道天真無邪的殘忍聲音，從千穗腳邊指責著她。
直到剛才為止都還在跟千穗一起玩、深信真奧與惠美是自己父母的小女孩——阿拉斯．拉瑪斯正踩著地板上的五十音符號表。
「啊，阿拉斯．拉瑪斯妹妹，那、那個，馬上就要吃飯了，所以我們先把東西收拾一下吧。」
事到如今才想蒙混過去，也已經為時已晚了。
「喔！我會，收收！」

小女孩腳底下的塑膠五十音符號表，是無論怎麼亂摺都不會破掉的高價智育玩具。

「不、不過遊佐小姐，這到底是怎麼一回事？」

千穗一面看著阿拉斯．拉瑪斯以小孩子特有的方式，胡亂摺著真奧自掏腰包買的智育玩具，一面重新問道。

「其實也沒什麼啦，就是字面上的意思……我想最近回老家一趟……」

「可是艾米莉亞，妳的老家……」

在廚房水槽清洗調理用具的和服女性，神色困惑地提問。

「嗯，我的故鄉在西大陸。是一個位於聖．埃雷外圍、名叫斯隆的農村。雖然過去被某個關在壁櫥裡的傢伙的軍隊毀滅了，吶？」

惠美以銳利的眼神瞪向壁櫥。

「所以我不在的這段期間，我想請貝爾幫忙看好這些傢伙……」

克莉絲提亞．貝爾——在安特．伊蘇拉擔任高等聖職者、在日本自稱為鎌月鈴乃的她，沖掉手上洗碗精的泡沫擦乾手後，困惑地接著說道：

「可以再說得具體一點嗎？我不太能理解妳的意思。」

「就、就是啊，遊佐小姐，就算妳突然說要回去，事情也沒這麼簡單吧？」

「的確，我好像說得太簡略了，對不起。其實……」

面對兩位女性的質問，總算發現自己說明不足的惠美苦笑著端正姿勢，然後注意到有一位男性正站在千穗與鈴乃的後面。

「雖然我完全不在乎妳要去哪裡……但可無法忍受因為妳的緣故，害我精心製作的味噌湯冷掉。」

男子抱著裝了味噌湯的大鍋，以充滿迫力的聲音說道。

惡魔大元帥艾謝爾即蘆屋四郎，向電腦桌前的主人報告：

「魔王大人，晚餐已經準備好了。請您暫時停止念書就座吧。」

「好好好，正好我的集中力也被惠美打斷了。」

「什麼啦，別把錯推到其他人身上好嗎？」

「豆腐！艾謝爾！豆腐！」

不知不覺間，阿拉斯‧拉瑪斯已經走到了抱著大鍋的蘆屋腳邊。

「喂，阿拉斯‧拉瑪斯，靠近拿著鍋子的人很危險喔。來，到媽媽那邊乖乖等吧。」

鈴乃輕輕將阿拉斯‧拉瑪斯拉離蘆屋身邊。儘管一臉不滿，但小女孩還是老實地走向了惠美。

「媽媽！豆腐！」

「我知道，不過要先說『開動』喔。艾謝爾，我的冷豆腐上面不要加蘘荷。因為我要分給阿拉斯・拉瑪斯吃。」

阿拉斯・拉瑪斯平常吃的東西，基本上都是從惠美或真奧的飯菜分一點出來，但蘆屋在交互看了惠美的冷豆腐與阿拉斯・拉瑪斯一眼後，嚴厲地搖頭回答：

「我拒絕。要是害阿拉斯・拉瑪斯長大後變挑食怎麼辦？」

以勇者與惡魔大元帥的對話內容而言，這段話實在是徹底奇怪到讓人搞不清楚哪裡奇怪的地步。

「可、可是蘆屋先生，我覺得蘘荷對小孩子來說有點太刺激了……」

身為唯一一位純粹的日本人，千穗準確地指出了問題點。

「讓小孩子習慣香味強烈的蔬菜是很重要的。只要能懂得品嘗這份滋味，以後每天的飯菜也會變得更加美味……」

雖然平常很少反駁千穗的蘆屋難得反擊——

「不過我能理解呢。坦白講，我也不太敢吃蘘荷。」

但馬上就因為被緩緩走出壁櫥的漆原打斷而憤然說道：

「路西菲爾，你這樣也算是墮天使嗎？」

「沒辦法啊，畢竟我活到這個歲數都還沒吃過蘘荷。而且我也從來沒聽過有墮天使喜歡蘘荷的神話啦。」

的確，無論是安特·伊蘇拉還是魔界，都沒有與加了蘘荷的冷豆腐類似的料理。

所以不曉得是不是因為這個原因，僅限於這次，難得出現了贊同漆原意見的人。

「坦白講我也有點不太敢吃……」

說著這種丟臉的話走到餐桌的，正是過去曾經統一魔界、在人類世界安特·伊蘇拉稱霸的偉大魔王撒旦。

此時此刻，人類得知了企圖征服世界的強敵弱點。

那就是魔王其實不太敢吃加了蘘荷的冷豆腐。

「真奧哥……」

「魔王大人……」

「魔王，你這傢伙……」

面對千穗、蘆屋與鈴乃參雜了驚訝與憐憫的複雜視線，真奧畏縮地回答：

「可、可是我還是吃得下去啊！我每次都有把飯吃光耶！」

「那阿拉斯·拉瑪斯豆腐上的蘘荷，就交給爸爸解決吧。」

勇者艾米莉亞並未放過魔王露出的破綻。

她用筷子將自己豆腐上面的蘘荷，全都移到了在千穗、蘆屋以及鈴乃面前狼狽不堪的真奧盤子裡的豆腐上。

「啊！惠美，妳這傢伙！」

真奧看著自己豆腐上堆積如山的蘘荷發出慘叫，但惠美依然若無其事地說道：

「想抱怨就去對艾謝爾抱怨吧。無論再怎麼不希望她偏食，像阿拉斯．拉瑪斯這年紀的孩子會討厭吃蘘荷也是理所當然吧。畢竟就連懷抱征服世界野心的魔王，都不敢吃這東西。」

「唔……」

真奧頓時啞口無言。蘆屋見狀，也一臉悔恨地說道：

「唔唔唔，貝爾，妳也說點什麼吧。」

「艾謝爾，再怎麼說，讓阿拉斯．拉瑪斯吃蘘荷還是太殘忍了。對了，艾米莉亞，我去拿我房間裡的薄鹽醬油來好了。跟普通醬油比起來，還是那個對阿拉斯．拉瑪斯比較好吧。」

鈴乃快步走向自己位於隔壁的房間二〇二號室。看著那道背影，漆原一語不發地將筷子伸向烤茄子。

「每個人都這麼寵她，我真擔心阿拉斯．拉瑪斯的未來呢。」

「漆原先生！在阿拉斯．拉瑪斯妹妹面前吃飯時，一定要先好好地說『開動』啦。」

「育兒真是困難呢。如果長大後變成這副德性，那的確是有點……」

「真奧、真奧，為什麼你要交互看著我跟阿拉斯．拉瑪斯說這種話啊。」

「你自己摸摸良心檢討吧。跟你相比，阿拉斯．拉瑪斯妹妹不但比較聽話，也比較守規

矩。」

千穗毫不留情地說道。

「久等了。我拿醬油來囉。」

此時，鈴乃也帶著薄鹽醬油回來了，眼見大家已經偏離原本的話題，蘆屋也只好放棄似的就此罷休。

「……沒辦法，味噌湯也差不多快涼掉了。大家來吃飯吧。」

「啊，蘆屋，我的飯要多一點。」

「對了！我媽有叫我帶炸雞塊過來。蘆屋先生，可以借一下微波爐嗎？」

千穗慌慌張張地從帶來的包包裡拿出一個大型保鮮盒。

「佐佐木小姐，不好意思，總是承蒙妳照顧，關於使用方法……」

「不用擔心，我會用。好險好險，我差點忘記了……」

魔王城內同時聚集了並肩站在廚房的惡魔大元帥與聖職者、帶配菜過來的高中女生，以及邊監視沒規矩的墮天使邊思考該如何育兒的勇者與魔王，即使這樣的光景既脫離現實又滑稽，但就結果而言，除非是非比尋常的事態，否則應該無法動搖這間Villa・Rosa笹塚二〇一號室和平的日常生活吧。

至於這樣究竟是好是壞，目前還無人知曉。

※

儘管爭吵不斷，但魔王與勇者的日本生活依然稱得上和平，直到夏天即將結束之際，才開始蒙上一層明確的陰影。

在真奧敗給惠美之後，馬勒布朗契的頭目們以巴巴力提亞為首，為了征服安特．伊蘇拉而組織了新的魔王軍。

身為安特．伊蘇拉大法神教會最高權力者之一的奧爾巴．梅亞，過去曾以惠美同伴的身分讓真奧陷入絕境，但他現在不但成了惠美的敵人，還計畫將她連同真奧一起埋葬。

以他的情報為基礎，馬勒布朗契的其中一位頭目法爾法雷洛，為了將真奧與蘆屋迎為新生魔王軍的首領而來到日本。

雖然惠美與鈴乃都擔心真奧會回歸魔王軍，但出乎兩人預料的是，真奧與蘆屋並未接受法爾法雷洛的提議。

這麼一來，照理說只要在法爾法雷洛對日本造成危害之前，將他像之前襲擊銚子的西里亞特般送回魔界，或是讓惠美抹殺掉他即可。

不過陪同法爾法雷洛一起來到日本的另一位少年，卻讓狀況變得更加複雜。

根據安特·伊蘇拉的聖典記載，世界是由生命之樹所結出的球體構成，而那位名叫伊洛恩的少年，正是從其中的「嚴峻」質點誕生的存在。

伊洛恩與「基礎」質點的化身、目前和惠美的聖劍融合的女孩阿拉斯·拉瑪斯是同質的存在，而他所隱藏的力量視情況而定，甚至足以凌駕勇者、魔王以及大天使。

至於他為何會受到馬勒布朗契頭目的使喚，直到現在都還是個謎團。

若只有一位馬勒布朗契的頭目也就算了，但若不謹慎應對從質點誕生的孩子，那麼不只是馬勒布朗契，或許還會刺激到天界，並引來不必要的敵人也不一定。

然而不幸的是，這兩個不能隨便刺激的人，居然發現千穗對真奧與惠美來說是非常重要的人物。

這樣下去，難保無法攏絡真奧與蘆屋的馬勒布朗契一派，不會抓千穗來當人質。

惠美與鈴乃在千穗本人強烈的希望下，為了讓千穗能在遭遇危險時向惠美或真奧求救，而傳授了千穗能夠進行心靈感應的法術「概念收發」。

一部分也是因為真奧等人利用簡單的誘餌獲取沙利葉的協助，千穗總算順利學會了法術。

然而真奧判斷光是單純確保千穗眼前的安全，還不足以解決事態。

因此他刻意借助惠美與鈴乃的力量，在法爾法雷洛面前恢復了「魔王撒旦」的姿態。

透過指名千穗、惠美以及鈴乃三人擔任新的惡魔大元帥，宣示她們在征服世界方面負有重任，真奧總算成功在和平的情況下，說服法爾法雷洛與伊洛恩回去。

不過被馬勒布朗契一派正式當成「惡魔大元帥」的惠美與鈴乃，也因此氣得暴跳如雷。

即使順利確保馬勒布朗契一派在短期內不會加害千穗，安特・伊蘇拉的情勢還是會隨著時間經過而逐漸改變，到時候「魔王撒旦公認的惡魔大元帥・佐佐木千穗」這個名號所代表的義意也可能會變得更加沉重，就結果而言，這表示環繞著真奧與惠美的狀況依然未獲解決。

希望真奧回歸魔王軍的馬勒布朗契勢力、新的質點之子，以及天界的祕密。

儘管察覺異世界正籠罩於一股緊張的氣氛中，在日本生活的魔王一行人今天，還是得為了明天的三餐而努力工作。

這是發生在縱使夏天已經結束，世界情勢依然開始變得白熱化的九月的事情。

※

即使太陽下山的時間稍微變早了一點，七點以後的天色依然微亮，通往京王線笹塚站路上的暑氣也尚未消散。

惠美抱著吃完飯後陷入熟睡的阿拉斯・拉瑪斯，與鈴乃並肩走在一起，千穗與真奧則是跟在兩人後面。

每當到了惠美與阿拉斯・拉瑪斯前往魔王城的日子，千穗都會極力與真奧等人一同共進晚餐。

千穗曾當著所有人的面堂堂宣告：

「因為如果我不在，真奧哥跟遊佐小姐馬上就會吵架。」

打從法爾法雷洛的那起事件以來，千穗便積極地想讓真奧等人維持良好的關係，就連真奧與惠美都有點招架不住。

雖然千穗本人並不知情，但其實三人曾經意外聽見千穗對真奧等人所懷抱的感情，因此實在難以對抗那股過於直率的心意。

即使先將這件事情放在一邊，千穗的來訪不但會讓魔王城的晚餐菜色變豪華，也能討阿拉斯・拉瑪斯開心，基本上完全只有好處，因此相對地，真奧與鈴乃也在不知不覺間養成了負責送千穗回家的習慣。

「所以艾米莉亞，妳說要回老家是什麼意思？」

鈴乃在回家的路上開口問道。

而她一搬出這個在晚餐時被模糊帶過的話題——

「沒錯沒錯！就是說啊，遊佐小姐！這到底是怎麼回事？」

原本在跟真奧談論打工場所話題的千穗，馬上便從後面跳進來插話。

「喔……」

女性們在絕對稱不上寬廣的住宅區小巷中以三列橫隊的方式前進，因此慢了一步、來不及加入話題的真奧，只能無精打采地跟在三人後面。

面對千穗與鈴乃充滿好奇與懷疑的視線，惠美輕聲嘆了口氣說道：

「我也差不多厭倦等待了。」

「什麼意思？」

「……打從在日本與魔王重逢後，我就一直被捲入莫名其妙的麻煩，雖然每次都順利度過了難關，但追根究柢，我原本的目的究竟是什麼？」

「遊佐小姐的……目的？」

發現千穗是真的感到疑惑後，惠美沮喪地回答：

「千穗，我好歹也是背負人類希望的勇者。所以我原本來日本是為了……」

「咖哩………嗚。」

「噗噗……………對不起。」

熟睡中的阿拉斯．拉瑪斯宛如看準時機刻意說出來的夢話，讓走在後面的真奧忍不住笑了出來，不過在發現惠美回頭以銳利的眼光瞪過來後，他還是難得坦率地道歉。

「……打倒企圖征服安特．伊蘇拉的魔王……才對。」

說著說著，惠美指向因為自己的視線而縮起身子的真奧。

「雖然我能理解，但比起這種事情，這跟妳回老家有什麼關係？」

鈴乃繼續催促惠美說明，不過將魔王視為「這種事情」並置之不理，似乎也有點問題。

「說的也是。」

由於真奧並未特別反應，因此失去興趣的惠美重新轉回正面，看向在自己懷裡安心熟睡的小女孩說道：

「雖然阿拉斯．拉瑪斯的存在也有影響，不過在我無法消滅魔王的這段期間，那些天使跟惡魔什麼的，不是一直擅自跑來搗亂嗎？」

「嗯，妳說的對。」

「倒不如說除了我們三個以外，根本就沒有其他人類……」

千穗自然的疑問當場遭到忽視。

「總之那些在我來日本前，明明跟我們毫無關係的局外人最近實在太亂來，讓我再也受不了了。為了讓他們別再來找麻煩，我想還是回安特．伊蘇拉一趟會比較好。」

「所以妳要回去將那些壞人通通解決掉嗎？」

儘管惠美的說明有些過於簡略，但千穗的想法也未免太過直接。

「該怎麼說……感覺自從貝爾來了之後沒多久，就突然跑出一堆盯上聖劍的人不是嗎？」

「這麼說來，沙利葉大人一開始也對艾米莉亞的聖劍十分執著呢。」

「不過就結果而言，那不是因為聖劍跟阿拉斯．拉瑪斯妹妹有關嗎？」

大天使沙利葉與加百列，表面上的目的是為了奪取惠美的聖劍。

直到阿拉斯．拉瑪斯登場，揭曉「進化聖劍．單翼」是以質點碎片為核心的武器後，真奧等人才得知天界勢力真正的目的是收集「進化聖劍．單翼」與作為阿拉斯．拉瑪斯核心的質點碎片……

「若只有天界倒還好，不過在銚子現身的惡魔西里亞特，也同樣盯上了『基礎』的碎片。不只如此，現在潛伏於東大陸的馬勒布朗契軍團，手中似乎也握有『基礎』的碎片，再加上之前出現的伊洛恩明明是從質點誕生的孩子，結果卻跟在惡魔身邊……」

「最簡單的解釋，就是其實天界與惡魔之間有所聯繫……」

雖然鈴乃的說法應該是最單純的解答——

「為、為什麼突然要看我？」

走在前方的三人倏地一同回頭，讓原本走在後面閒得發慌的真奧嚇了一跳。

「不過這樣一來，就無法解釋為什麼他會在這裡了吧？」

「說的也是。基本上魔王連自己擁有的『基礎』碎片變成了阿拉斯．拉瑪斯都不知道，而馬勒布朗契軍又是在魔王死後才開始行動的，無論怎麼想，天界都沒有協助他們的理由。」

「我不知道你們在談論什麼，但別隨便把我當成死人！我今天也活得很好啦！」

真奧的魔王生存報告，徹底遭到了忽視。

「我是這麼想的。雖然我們對伊洛恩……對『嚴峻』質點的線索太少這點實在無計可施，但我們身邊原本就有不少跟『基礎』有關的線索。仔細想想，為什麼沙利葉跟加百列要收集基礎的『碎片』呢？」

「咦？」

無法理解這個問題意義何在的千穗疑惑了一下。

「……姑且提醒你們一聲，差不多到車站囉！」

真奧的聲音從後面傳來，不過三人毫不理會。

「追根究柢，為什麼只有基礎是『碎片』呢？答案很簡單。既然他們目前正在收集碎片，就表示有一個『將質點打碎並四處散布的人』存在。」

「真是給人添麻煩。」

發現沒人在聽自己說話的真奧隨聲附和惠美的意見後，撿起被人丟在地上的空罐，打算扔進設置在路邊自動販賣機旁的空罐回收箱，但由於裡面已經裝滿了，因此他只好將罐子小心立在上面再走回來。

「啊……原來如此。」

「咦？」

鈴乃早一步恍然大悟似的點頭。

眼見千穗似乎尚未想通，惠美用抱著阿拉斯．拉瑪斯以外的另一隻手牽起千穗的手，讓她注意其中一隻指頭。

「……啊！」

那隻手指上戴著一只鑲了小顆紫色寶石的戒指。

「雖然不曉得是不是真的『被打碎』，但至少能確定有一個人在『四處散布』碎片。畢竟目前就有一個實例擺在眼前。」

千穗手上的戒指鑲有與惠美的聖劍劍柄和阿拉斯．拉瑪斯額頭上相同的「基礎」碎片。

在成為千穗獲得這只戒指契機的騷動中，除了戒指以外，千穗還獲得了某段記憶。

那是千穗原本無從得知的遙遠世界的記憶，同時或許也是一段遙遠的過去記憶。

某位受傷的年幼惡魔，以及一位站在麥田裡的男性。

「遊佐小姐的……媽媽？」

「沒錯。」

惠美表情厭煩地點頭，放開千穗的手。

「總而言之，只要循著媽媽在我出生前或還一無所知的童年時期，於安特．伊蘇拉留下的

足跡，或許會有什麼發現也不一定。話雖如此，其實我也沒什麼根據，只是覺得要是能找到什麼線索就好了。」

最讓惠美感到後悔的，就是即使只有短期也好，在過去的旅伴艾美拉達與艾伯特，為了幫助被漆原與奧爾巴盯上的自己來到日本時，應該跟他們一起回安特·伊蘇拉一趟才對。

惠美的母親萊拉，似乎曾經待在艾美拉達那裡一段時間。

不過惠美當時在日本根本就沒有值得信任的同伴，而真奧也並非能隨便移開視線的存在。

即使真奧不會做壞事，若他趁勇者回到安特·伊蘇拉的期間搬家，之後惠美就必須再從頭尋找他們的行蹤。

對孤身在日本社會生活將近一年的惠美而言，實在不希望再跟丟好不容易才找到的魔王。

然而她也無法拜託艾美拉達與艾伯特幫忙監視真奧。

畢竟跟原本只是普通鄉下農家子女的惠美不同，艾美拉達跟艾伯特在人類社會恢復和平後，都各自身負要職。

坦白講，兩人與惠美的身分原本就不同。

在魔王軍撤退後，安特·伊蘇拉的教會與諸王國的權力構造也跟著恢復原狀，因此自然不可能將兩位如此有為的人才留在異界之地。

此外惠美認真起來的實力，在擊潰安特·伊蘇拉的魔王軍時，整體的戰鬥能力便已經成長到艾美拉達、艾伯特與奧爾巴三人聯手，才能勉強匹敵的程度。

打從沒有在首都高的那場戰鬥中殺掉漆原（路西菲爾）時起，能在日本同時與三位惡魔周旋並獨力獲勝的人，就只剩下勇者艾米莉亞了。

若千穗這個存在對真奧等人的重要性能早點提高。

或是若鈴乃能再早一點抵達這裡。

惠美在計畫回故鄉的村子時，心裡也曾經產生過這些無益的想法。

不過千穗與真奧等人間的信賴關係，是在這半年內才建立起來的，而基本上要不是發生了漆原與奧爾巴的暴行，鈴乃也不會來到這裡。

將惠美捲進來的一切，全都因為些微的分歧，讓事情無法如她所願。

當然現在才來抱怨這些也無濟於事。

而且——

「嗯……嗚……呃……啊，媽媽，要回去了嗎？」

不知不覺間，四人已經抵達了笹塚站的驗票口。

或許是嫌站內廣播與電車經過的聲音太吵，皺著眉頭醒來的阿拉斯·拉瑪斯一面環視周圍，一面睡眼惺忪地抬起頭來。

「喔，阿拉斯·拉瑪斯，妳醒啦，下次再來玩吧。」

眼尖地發現小女孩醒來的真奧，走上前握住阿拉斯・拉瑪斯細嫩的小手。

「再見囉，阿拉斯・拉瑪斯妹妹。」

「直到回家前，都要乖乖的喔。」

千穗和鈴乃也隔著惠美的肩膀，對阿拉斯・拉瑪斯露出柔和的笑容。

倘若一切都「如惠美所願」，那麼她應該無法體驗到如此溫馨的時光吧。

惠美最近開始覺得其實這樣的生活也不錯。

「對不起，今天沒什麼時間陪妳。下次再一起大玩一場吧。」

「打勾勾！」

逐漸清醒的阿拉斯・拉瑪斯，用力將手伸向真奧。

看來只伸出小指對她來說還太困難了。

「喔，打勾勾。」

「……你今天到底在幹什麼啊？真難得看你在用電腦呢。」

惠美也對真奧難得有比阿拉斯・拉瑪斯還優先的事情感到驚訝。

平常無論必須丟下什麼，真奧都不會忘記撥出陪阿拉斯・拉瑪斯的時間，因此光是這樣就已經夠讓人意外了，然而沒想到回答卻從更加出乎意料的方向傳來。

「真奧哥最近必須去考執照才行。」

千穗如此回答。

「「執照？」」

從鈴乃驚訝的樣子來看，她對這件事也是初次耳聞。

「執照……是車子的嗎？」

在日本的日常對話中提到「執照」，首先會讓人想到的就是駕駛執照。

總不可能真奧接下來將以武術的免許皆傳（註：指學會了某樣武藝的所有內容）為目標吧。

真奧在日本的法律上是成年男子，因此當然算是能考駕照的年齡，不過惠美與鈴乃在意的並非這點。

「「虧你有辦法得到艾謝爾的允許（啊）（呢）。」」

「重點是在這裡嗎？居然偏偏吐槽這點？妳們到底把他當成我的什麼人啊？」

即使是真奧，被人異口同聲地說到這個份上，還是難免板起了臉。

「因為考駕照不是很花錢嗎？而且還得去上駕訓班吧？你有那種閒錢嗎？話說你明明是魔王，居然還打算遵守交通法規？」

「我偶爾會在車站前面拿到附近駕訓班發的面紙，不過最便宜的課程也要花上十幾萬吧？我實在不覺得艾謝爾會允許這種支出，而且也不覺得你有本事存到那麼多錢。」

「我不過是想考個執照，有必要被妳們誹謗中傷到這種程度嗎？魔王考駕照又有什麼不好了。」

「打從魔王做事前必須得到國家的許可開始，這整件事情就已經夠可笑了。」

鈴乃也用力地點頭同意惠美的說法。

「我說妳們啊……」

真奧沮喪地垂下肩膀。

「我從頭到尾都沒說是要考汽車駕照吧？」

「那是要考什麼？」

「難道是特殊專業執照？你基本上似乎只會為了跟麥丹勞有關的事情認真，所以是食品衛生管理者或廚師執照之類的嗎？雖然感覺無論哪一種都還滿花錢的……」

「考慮到將來，我之後應該會去考食品衛生管理者的執照。」

「原來你有想過啊。」

「因為成為正式職員後或許會用得到。不過這次我不是要考那個。」

真奧清了一下嗓子後，重新挺胸說道：

「聽了之後包准嚇死妳。我要考的是……機車駕照！」

頭上傳來特急電車經過笹塚站的聲音。

「……那麼，貝爾、千穗，我先回去囉。」

「嗯，路上小心。」

惠美無視得意的真奧，瀟灑地準備離開。

「遊佐小姐、鈴乃小姐！真奧哥好像快哭出來了，拜託妳們稍微有點反應吧！」

「欸……」

雖說是千穗的請求，惠美還是明顯露出厭惡的表情。

「因為他裝模作樣了半天，害我還在想到底是什麼……雖然我不是看不起機車駕照，但如果有人問說這是不是能讓魔王拿來自豪的執照，千穗妳會怎麼回應？」

「咦……？呃，那、那個……」

千穗因為惠美出乎意料的反問而慌了起來。

「告、告訴你們！我可不是單純參加考試而已！在必要的手續費七千七百五十圓中，公司可是會幫我出五千七百圓喔！這沒道理不考吧！雖然實際上還是要花兩千零五十圓，但就連蘆屋都完全沒怨言呢！」

「……」

關於這位魔王說這些話時究竟認真到什麼程度，這類疑問已經在惠美與鈴乃的心中縈繞了好幾個月，即使根據經驗，對方應該百分之百是認真的，但這還是讓她們覺得全身被一股難以言喻的空虛與無力感支配。

「……既然如此，怎麼不乾脆全額補助呢。」

「根據公司規定，就只有駕照領取手續費的兩千零五十圓並不包含在內！因為公司補助的終究只有上課所需的訓練費用而已！」

「等等，你說的公司是指麥丹勞吧？明明考駕照的人是你，為什麼麥丹勞要幫忙出錢？」

「仔細聽好了！其實我們麥丹勞……」

「我們店裡之後將開始提供delivery。所以二十歲以上的員工都必須要有機車駕照，至於還沒有機車駕照的人，公司會以專業執照津貼的方式幫忙出錢。」

判斷若交給真奧說明會阻礙話題進展的千穗，打斷真奧並簡單扼要地說明。

「……」

相較於看起來還有些意猶未盡的真奧，鈴乃與惠美則是各自表現出不同的反應。

「所謂的delivery，就是指外送吧？」

鈴乃乾脆地推翻什麼事都想用英語表現的國內勞動市場。

「外送……嗯，就是那個意思。因為不能用自行車來配送，所以必須使用機車並需要駕照……雖然我還是高中生，不符合專業執照津貼的資格。」

千穗不滿地說明。

「雖然麥丹勞開始外送這點的確令人驚訝，但你們二樓的咖啡廳不是最近才剛開張嗎？明明才過半個月左右，居然又要增加新的業態？」

還算熟悉日本社會的惠美，發表了符合上班族的感想。

「關於這部分，就連木崎小姐也覺得有點吃力呢。」

真奧與千穗打工的麥丹勞幡之谷站前店的幹練店長木崎真弓，是一位熱衷工作到被人稱為營業額之鬼的女性。

木崎平常不但毫不避諱地宣稱要讓單日營業額超過去年的百分之百，實際上也的確累積了不少實績，不過在前幾天才剛新裝開店的MdCafe於當地穩固下來前就追加新的業態，還是讓她忙得一個頭兩個大。

「因為我們店開在鄰近都內住宅區跟商業區的主要幹道旁邊，而且又屬於能外送新的MdCafe餐點的店家，所以上層才突然作出這項決定的樣子。比起快速展開的新業態，真正讓人頭痛的其實是人力完全不足啊。」

其實麥丹勞的外送業態本身，並不算是什麼新奇的東西。

不但跟披薩的外送服務一樣僅限於特定地區，而且一次消費含稅必須滿一千五百圓以上，才會接受電話點餐與外送。

雖然過去就已經以開在都心主要幹道沿線的分店為中心逐漸增加外送服務，但這次卻偶然挑上了幡之谷站前店。

問題在於關鍵的店方本身，還沒準備好接受這樣的變動。

從真奧必須準備考駕照來看，就能得知擁有駕照的員工人數有限。

而且在駕照問題之前，幡之谷站前店的員工人數根本就不足以應付新增的外送服務。

畢竟光是二樓多一個咖啡專門櫃檯，就已經讓必須常駐店內的人員增加了。

再加上外送使用的機車，當然也需要不只一輛。

為了應付電話點餐，要不就是僱用新人，要不就得對現有的全部戰力進行研修，而這些事情又會增加所需的時間與人員。

即使增加配送人員，由於難保配送地點一定是在大街上，因此還是希望能由熟悉當地路況的人負責。

無論如何，現今當務之急是確保工作人員的人數，有鑑於必須將他們培育到木崎預設的水準，即使距離正式開始運用的十一月上旬還有兩個月的時間，這樣的時程也絕對稱不上充裕。

「能夠常態參與店內業務的人還需要三個……不對，只要能有兩個！」

這是木崎最近的口頭禪。

至少還需要兩位全職的打工人員。雖然只要湊齊這個人數，就能趁這段期間培育足以負責外送的員工來補充人力，但在這個大學生的暑假已經接近尾聲的秋天，人力往往是有減難增。

「惠美，妳有沒有打算換工作啊？」

即使這句話當然不是認真的，惠美還是冷淡地回答真奧的勸誘：

「順帶一提，我現在的時薪是一千七百圓。」

「……對不起，當我沒說過吧。」

「一、一千七百圓……」

惠美的時薪，讓因為還是高中生，所以從實習期間起時薪就沒什麼太大變動的千穗大感愕然。

「縱然時薪很高，可是相對地辛苦的地方也不少喔？雖然自己講這種話也有點那個，但既然連我這個身經百戰的勇者都這麼說，妳就知道有多誇張了。」

「……說、說的也是。畢竟是電話客服人員。」

惠美的工作，是任職於手機公司的電話諮詢室、專門負責接聽來電的電話客服人員。

即使同樣叫做電話客服人員，除了能分成負責處理來電與主動致電推銷的類型以外，由於業種業態與工作內容五花八門，因此也不能斷定每個職場都一定非常辛苦，不過惠美的狀況似乎是真的有很多問題。

真奧改為轉頭看向鈴乃——

「順帶一提，我也不行喔。我並沒有自信能夠以外語跟客人應酬到符合木崎店長期待的程度。」

不過鈴乃搶先一步地說道。

雖然覺得這件事應該與外語沒什麼關係，不過無論真奧、千穗還是惠美——

『歡迎光臨！請已經點完餐的客人往這邊移動！』

都無法想像平常對日常會話的措辭十分嚴格的鈴乃，擺出營業笑容的樣子。

「你們三位該不會在想什麼失禮的事情吧？」

敏感察覺到真奧等人露出複雜表情的鈴乃一低聲詢問，三人便以僵硬的笑容同時搖頭。

「總、總而言之，雖然對千穗不太好意思，但我也只能對妳說聲加油了。那麼回到原本的話題……」

「話說回來，我們原本是在討論什麼？」

惠美的話讓所有人回過神來。

不知不覺間，一行人已經在驗票口前聊了將近二十分鐘。

「關於我回老家的事啦。」

勇者與魔王聚在車站前面閒聊，並因為話題拉長而不斷偏離重點，這才真的是笑話一場。

「我已經跟公司請好假，再來只剩拜託艾美來接我而已。我打算下星期一就出發。」

「咦？」

千穗倒抽了一口氣，雖然鈴乃也跟著出聲抗議——

「這也太趕了吧？雖說後續可以交給我處理，但我這邊也得進行一些準備……………」

但在抬頭看了一眼站在旁邊的真奧後，原本為了抗議而舉起的雙手便無力地垂下。

「看來是不怎麼需要。」

「對吧？」

「雖然不曉得妳們在說什麼，但我至少知道自己被人看不起了。」

眼見惠美與鈴乃以某種空虛的表情彼此點頭，真奧在立場上必須嚴重地表達抗議。

「……我們才沒看不起你。大家都稱讚你勤勉、認真又生活規律呢。」

「……就是啊，魔王。像你這種大清早就起床、崇尚樸素簡約、努力流汗工作，並為了不犯法而用功念書的人，怎麼會有人瞧不起你呢？」

「既然要稱讚，就看著我的眼睛啊！」

「爸爸好厲害！好乖喔！」

「………………………謝謝妳……阿拉斯．拉瑪斯。」

誰都敵不過小孩子。

「可、可是遊佐小姐，下星期開始，那個……」

千穗戰戰兢兢地提問，於是惠美便像是突然想到什麼似的點頭苦笑：

「放心吧，那邊的人也有事情要忙，而且我還得去上班，所以我預定週末就會回到這裡。

十二日的事情，我不會忘記啦。」

「……謝、謝謝妳。」

「十二日……喔，那個啊。」

真奧與鈴乃也因為想起某件事而點頭。

「話先說在前頭，姑且不論貝爾，你可別想些什麼多餘的事情喔。」

惠美意外認真地瞪向真奧，但後者卻佯作不知般的回答：

「什麼嘛，真無聊。我本來還想做個大元帥徽章給妳呢。」

千穗與惠美提到的九月十二日是星期天。

這天在千穗強烈的希望下，一行人企劃了一場惠美與千穗的聯合生日派對。

安特·伊蘇拉與地球的曆法不同。不過由於惠美的生日是在初秋，因此大家原本提議在千穗生日的十日替兩人慶生，可惜當天是星期五，也就是平日。

而且那天千穗熱切希望能夠參加的真奧還排了接近深夜的班，所以在討論過後，便決定在兩天後的星期天舉辦派對。

參加的人一多，就很難剛好在某天抽出時間。

「如果可以當場把它砍得粉碎，那我也不是不能收下喔。基本上我這次回去，有一部分也是為了確認你不小心亂講出來的話，對那邊有沒有產生奇怪的影響。」

被惠美這麼一說，真奧也跟著露出不悅的表情。

畢竟魔王撒旦與惡魔大元帥尚在人世，且那個撒旦還指名了勇者艾米莉亞、訂教審議官克莉絲提亞．貝爾，以及一位異世界的少女擔任新惡魔大元帥的情報，已經被傳到了安特．伊蘇拉。

雖然這是為了保護千穗的無奈之舉，不過站在惠美與鈴乃的立場，一旦被人得知這是事實，即使被全安特．伊蘇拉的人在背後批評也無法有怨言。

「不會有事啦，大概。」

「你的話根本一點都不能信！」

受不了徹底抱持樂觀態度的真奧，惠美瞄了一眼手錶。

「糟糕，再不快點回去，就趕不上阿拉斯．拉瑪斯睡覺的時間了。」

「她平常這麼早睡嗎？」

「自從千穗修行那次以來，她就一直纏著想要洗澡。而且還要洗熱的。等回去放好熱水並洗到阿拉斯．拉瑪斯滿意之後，一晃眼就十點了。」

「阿拉斯．拉瑪斯有江戶之子的資質呢。」

鈴乃不知為何高興地說道。

「要是從質點裡生出江戶之子，那還得了啊！」

真奧不悅地吐槽。

「那伊洛恩應該就是道產子（註：指北海道出生的人）囉。」

千穗隨意接續了這個無關緊要的話題。

「……那我真的差不多該回去了。十二日再見吧。」

「那、那個，遊佐小姐。」

千穗喊住正準備從側肩包裡拿出月票的惠美。

「我可以去幫妳送行嗎？總覺得有點擔心……而且艾美拉達小姐難得過來，我也想跟她打聲招呼……」

「對不起。我是跟艾美約星期一中午。那時候千穗應該要上學吧？」

「啊嗚……」

儘管因為太常進行跨文化交流而偶爾會忘記，但千穗雖非江戶之子，依然是現代的東京之子兼純國產的高中女生。

既然暑假已經結束，那麼千穗自然必須開始盡學生的本分。

惠美為了安慰沮喪的千穗而輕拍她的肩膀，阿拉斯・拉瑪斯也跟著拚命伸手撫摸千穗的額頭。

「不用擔心，我再怎麼說也是人類最強的勇者。請妳相信我曾經擊潰魔王軍以及趕走大天使的實績吧。因為阿拉斯·拉瑪斯也會一起去，所以我本來就沒預定去危險的地方或跟人戰鬥，就像回老家收拾一下東西而已，馬上就會回來。」

「沒錯！我警告妳，要是阿拉斯·拉瑪斯發生什麼事就不妙了，所以妳別想些多餘的事情，跟那個叫艾美拉達的見個面吃個飯後，就直接回來吧！」

似乎總算想起惠美跟阿拉斯·拉瑪斯處於不可分狀態的真奧，急忙抬起頭靠了過來。

惠美用力皺起眉頭，打斷真奧的氣勢說道：

「明明最主要的原因就出在你身上，我根本就沒必要聽你說教！你才是別想趁我不在的時候亂來！就許多方面來說，我都會請貝爾好好監視你喔？」

「哈！就算不用特別做什麼，我也能透過機車駕照取得更廣大的世界。已經沒有人能阻止我了！等妳回來後，可別哭喪著一張臉啊！」

「你最好是忘了買印紙（註：一種用來證明已繳納費用的憑證），然後被駕照中心的人攔下來！」

「印紙在中心也有賣啦！妳這沒常識的傢伙！」

「啊啊！夠了，艾米莉亞，妳快回去啦！魔王也一樣，你這樣會害千穗小姐太晚回家吧！再不適可而止，勇者與魔王的激戰將被替換成針對駕照中心印紙販賣處進行的爭辯，並以記載在聖典裡的形式流傳後世喔！」

真奧與惠美的爭執逐漸偏往無關緊要的方向，於是鈴乃強硬地介入兩人之間，阻止了這場難看的口角。

距離惠美剛才確認手錶已經又過了十五分鐘，無論是帶著高中女生到處跑還是讓小女孩繼續醒著，在各方面來說都變得愈來愈不適當。

「千穗小姐，放心吧。雖然這沒什麼好自豪的，不過我時間很多。而且我也想跟艾美拉達小姐見一次面，所以我會親自去送行的。魔王，這樣可以吧？」

就在這段期間內，車站內響起通知下一班電車即將進站的廣播。

「那麼千穗，下星期見囉。貝爾，我晚點再傳簡訊給妳。」

惠美抬起頭慌張地說完後，這次便真的穿過驗票口往車站內走去。

「掰掰！爸爸、小千姊姊、小鈴姊姊，掰掰！」

真奧、千穗以及鈴乃三人，在目送從惠美肩膀探出身子的阿拉斯．拉瑪斯用力揮手的景象後，便不自覺地安分了下來。

「呃，可是中心真的有賣印紙喔？」

「誰理你啊……好了，總之快點送千穗小姐回家吧。千穗小姐，妳時間沒問題吧？」

「啊，是、是的。完全沒問題……不過……」

「嗯？」

隨著頭上傳來一道發車的聲音，千穗仰望那輛應該載了惠美與阿拉斯．拉瑪斯的電車，低聲說道：

「遊佐小姐，最近變得比較開朗一點了呢。」

「……為什麼要看著我這麼說？」

敏感地發現千穗的視線從電車身上移向自己的真奧，不由得退縮了一下。

「你不知道原因嗎？」

「不知道。」

「……好了好了，還是邊走邊說吧。」

鈴乃嘆著氣催促兩人移動。

「遊佐小姐絕對有變比較開朗，該說是變得充滿活力……」

「那傢伙本來就很吵吧？」

「討厭啦，真奧哥！才不是那樣，應該是更……我也不知道該怎麼說才好。」

「她本人自己也說過了……」

鈴乃回頭看向笹塚站說道：

「果然被動地應付狀況跟自己主動出擊，在心態上還是有所差異吧。」

「她最近給人的感覺，的確不再像之前那樣猶豫不決啦……」

即使如此，真奧也覺得惠美這幾天已經恢復到之前在日本初次見面時，那種某種程度上不會看狀況的積極。

「不過，我覺得絕對不只是這樣。」

「嗯？」

「小千，妳的意思是？」

「真是的……難道你們真的不知道嗎？某種意義上，這明明就跟真奧哥和鈴乃小姐最有關係。」

千穗發自內心感到意外似的交互看向真奧與鈴乃的臉。

不過真奧與鈴乃才是只能意外地面面相覷。

畢竟除了住在同一棟公寓以外，真奧與鈴乃實在沒有其他的共通點。

再加上跟惠美有關，那麼除了三人都住在日本以外，似乎也找不到其他的共通要素……

「因為我很不甘心自己還沒到那個程度，所以不想告訴你們！」

「到、到底是怎樣？」

「不曉得……？」

某種意義上算是被千穗批評的兩人，皺著眉頭看向似乎有些高興的千穗往前走去。

「千穗小姐，我投降了。這到底是怎麼回事？」

在看得見千穗家時，鈴乃配合自己的說法，舉起雙手向千穗問道。

千穗先將臉轉了過來，以看起來有些不滿的表情坦白回答：

「雖然不知道遊佐小姐本人有沒有自覺到這種程度。」

以這句話作為開場白後，千穗才接著將身體整個轉向兩人。

「『前來討伐魔王的勇者』，可是決定回故鄉囉？這不就表示她已經打從心底信任鈴乃小姐與真奧哥了嗎？」

「「！」」

真奧與鈴乃一同倒抽了一口氣。

「我覺得遊佐小姐是因為相信即使少了自己的監視，真奧哥也絕對不會在日本做壞事，而就算有什麼萬一，鈴乃小姐也一定會想辦法解決，所以才說要回故鄉的喔？呃……雖然信任的方面可能有些不同……」

千穗的話，讓兩人聽得目瞪口呆。

「到這裡就行了。謝謝你們送我回家！鈴乃小姐，替遊佐小姐送行的事情就拜託妳囉！」

千穗笑著揮完手後，便轉身走進家門。

呆站在原地並互望了一眼後，真奧與鈴乃尷尬地聳肩，將視線從彼此身上移開。

「身為魔王，這實在是件令人遺憾的事情。」

「……就當作是那樣吧……差不多該回去了。要是因為閒聊而拖得太晚，艾謝爾又要囉嗦了。」

在那之後，真奧與鈴乃無言地穿過夜晚的住宅區回家，在公寓的公共走廊上無言地道別。

「歡迎回來，魔王大人！哎呀，一想到艾米莉亞暫時不在，就讓人覺得神清氣爽呢！不如去之前那間燒肉店慶祝一下吧！」

真奧一回家，就發現興奮的蘆屋難得提議要出去外食。

惡魔大元帥在勇者離開的這段期間，居然只想得到要去吃烤肉，總覺得各方面來說都已經到了無可挽回的地步。

「魔王大人？」

「啊，真奧，我有傳簡訊叫你回程時去便利商店幫我買布丁回來，你有看見嗎？」

「……呃，我沒注意到。」

真奧從口袋裡拿出手機，發現在十幾分鐘前的確收到了一封簡訊。

「欸～難得蘆屋說可以耶！」

漆原不滿地抗議。

「真是的。」

「魔王大人？」

「真奧？怎麼了？」

蘆屋與漆原疑惑地看向站在玄關的主人，但過不久後抬起頭的真奧，臉上卻難得帶著憤怒的表情。

「勇者不在的期間，居然只想得到烤肉跟布丁，你們就是因為這樣，才會被惠美那傢伙信任啦！給我稍微有點身為惡魔大元帥的自覺跟驕傲啊啊啊啊！」

隔壁房間傳來真奧的怒吼以及蘆屋和漆原混亂的慘叫聲，鈴乃板起臉摀住耳朵，等待陷入錯亂的真奧所引發的騷動結束。

「魔王明明也沒資格囂張地對別人說教……」

以一個斥責部下的烤肉與布丁的上司來說，隔壁的魔王受到日本世俗的影響也太深了點。

鈴乃煩躁地聽著隔壁充滿人味的對話，同時回想起前幾天與惠美的問答。

「既然天使是人類，那麼……」

隔壁那位情緒不佳並深受勇者與高中女生信任、之後還打算依照道路交通法取得駕照的魔王——惡魔又是什麼呢？

真奧也好，蘆屋也好，惡魔們的外表遠比天使還要不像人類。

跟運用聖法氣長出翅膀的天使不同，惡魔們的外形可說是五花八門，不但擁有諸如角、尾巴、翅膀等人類沒有的器官與脫離常軌的巨大身軀，甚至還有像出現在銚子的惡魔大尚書卡米歐那樣，擁有人類外形的鳥類。

然而魔王撒旦、惡魔大元帥艾謝爾以及身為馬勒布朗契頭目的法爾法雷洛，都曾經在鈴乃等人面前展現出與人類無異的姿態。

「難道就沒辦法調查……他們擁有那種外形的意義嗎？」

思及此處，原本打算拿起手機的鈴乃，最後還是搖搖頭鬆開了手。

她並非不信任惠美，只不過以安特．伊蘇拉現在晦暗不明的情勢來說，要讓惠美一個人搜索情報實在太困難了。

若一次處理太多事情，相對地便容易產生破綻，這樣不但不曉得會產生什麼影響，同時也有連累日本與千穗的可能性。

惠美本人說要探索母親留下的痕跡。

那麼這次還是專注在這件事上會比較好。

畢竟這是一個牽扯到整個世界的謎團，即使著急也於事無補。

目前的當務之急……

「啊～吵死人了！這根本是在騷擾鄰居！你們也差不多該冷靜點了吧！」

應該是平息隔壁那場讓人聽不下去的騷動。

鈴乃透過怒吼與說教，制止了不悅的真奧與驚慌失措的蘆屋和漆原。

說來奇怪。雖然鈴乃的確答應惠美要處理後續的事情跟監視魔王城——

「別再吵那些無謂的事情，快點念完書去睡覺啦！你明天還要上班吧！」

不過這種宛如母親幫孩子們勸架的行為，應該並不包含在內才對。

鈴乃已經開始擔心起惠美回來前的這幾天，到底該怎麼度過了。

在讓三人安靜下來後，回到自己房間的鈴乃反手關上玄關大門，深深地嘆了口氣。

「不過即使如此……這也的確算是一種和平的形式……」

雖然不正確，但感覺並不壞。

這應該是最能表示這些人周遭狀況的一句話了。

※

一週開始的星期一。

千穗婉拒友人的邀約，隨便吃完午餐後，便來到平常學生與教職員幾乎不會靠近的舊校舍——通稱「打不開的房間」附近，專注地凝視自己手中的某樣東西。

那是個小顆的紫色寶石，亦即鑲有「基礎」碎片的樸素戒指。

身為一個品行端正的高中生，千穗當然不能一直在校內戴著如此露骨的裝飾品。

即使沒有聽過具體的說明，千穗也知道「門」是一種特別的法術，而且是一個用來進行超長距離移動的手段。

惠美當然不用說，包括鈴乃、艾美拉達、艾伯特、漆原、蘆屋以及真奧在內，所有人都是透過那個「門」來到這裡的。

千穗有股預感，那就是惠美與阿拉斯·拉瑪斯通過「門」時，或許「基礎」碎片會產生反應也不一定。

千穗一面警戒著是否有人經過附近，一面凝視著戒指——

「……啊。」

碎片突然浮現淡淡的光芒，並發出一道宛如相機閃光燈般的強烈光輝，然後又再度恢復成普通的寶石。

由於受過法術修行，因此千穗也能在戒指發出光芒的瞬間感受到一股強大的力量，然而話雖如此，她也不覺得自己的身體有發生什麼特別的狀況。

只是放在一旁的手機，收到了一封簡訊。

『艾米莉亞順利與艾美拉達小姐一起踏上旅程了。』

那封簡訊是前往送行的鈴乃，所傳來的簡單報告。

惠美，千穗重要的友人，別說是日本了，她現在甚至不存在於地球上任何一個角落。

對沒親眼看見惠美透過「門」進行移轉的千穗而言，這項事實讓她有股奇妙的感覺。

那是彷彿遊佐惠美（艾米莉亞·尤斯提納）這個人突然變成某種漠然的存在般，讓人內心為之糾結的感覺。

不過惠美說過不會去做危險的事情，而且艾美拉達也跟她在一起。

既然對象是惠美，那麼即使不用千穗擔心，她應該也能輕鬆地化險為夷。

握緊手機的千穗宛如祈禱般的閉上眼睛，同時在腦中回想惠美的手機號碼。

千穗的手、戒指以及手機，發出淡淡的光芒。

「希望遊佐小姐回去的安特·伊蘇拉，能夠稍微變得和平一點。」

究竟這項祈求能不能穿越「門」、時空以及世界順利傳達呢？還只是位不成熟法術士的千穗，實在無從知曉。

然後——

過了兩個星期，即使過了九月十二日，惠美還是沒有回來。

魔王，邂逅

京王線調布站是京王電鐵的中心車站，從每站皆停的慢車到特快車，所有種別的營業列車都會停靠這裡。

從新宿出發的下行列車，大致能分為開往高尾．八王子方向與開往神奈川相模原市的橋本方向，而其中的分歧點就是調布站。

車站前方有一座大型公車轉運站，往來此處的公車，發揮了聯繫京王與ＪＲ、小田急車站等地區的功能。

雖然現在的天氣還是適合穿短袖的平日早晨，不過根據氣象預報，下午氣候的狀態就會開始變得不安定，降雨機率是百分之六十。

真奧走出調布站的北面出口。

「呃……我記得搭車的地方還要再往前走。」

真奧依循前陣子在這裡下車時的記憶，尋找公車候車處。

發現轉運站內的候車處已經有人在排隊的真奧，走向隊伍的最尾端。

公車站牌的柱子上寫著「京王公車，往ＪＲ武藏小金井站，經考場正門」。

為了在公車進站前稍微複習一下，真奧準備從手提包裡拿出考試參考書——

「媽媽！」

「！」

但一道從背後傳來的聲音，讓他忍不住回頭察看。

那裡站了一位年幼的女孩，她正為了吸引眺望站前地圖的母親注意，而努力伸長自己嬌小的身體，拉著對方的手。

「……」

真奧的視線，暫時停留在這對素不相識的母女身上。

過不久，那位母親似乎總算找到了目的地，她用手指反覆確認地圖——

「好好好，對不起。妳還好吧？會不會熱？」

同時邊出言安撫邊抱起自己年幼的小孩，然後馬上就離開了真奧的視線範圍。

調布站白天往來的人潮眾多，真奧追著消失在調布站前雜亂人群裡的母女身影，嘆口氣放開原本伸進手提包裡的手。

他早就將包包裡的機車駕照必勝問題集念得滾瓜爛熟，即使不用看書也能背得出來。

「第二次啊。」

真奧聳聳肩，喃喃自語道。

真奧的目的地，是府中駕照考場。

通常東京都內的居民若想取得駕照，就必須前往府中、鮫洲或江東其中一個駕照考場接受考試。

而這其實是真奧在這個月裡，第二次造訪府中駕照考場。

「……惠美那傢伙……」

真奧一開口抱怨，公車就像是剛好聽見般的抵達了。

真奧排的隊伍中，除了通勤客以外，似乎目的地都與真奧相同，一行人井然有序地上車，然後雜亂地在車內分散。

真奧運氣不錯地坐到了一個靠近車門的單人座。

由於這次絕對不能再失敗，因此真奧拿出教科書開始複習。

沒錯，真奧曾經在駕照考試上失利過一次。

虧他為了考試特地排開打工、花三百圓申請住民票、花七百圓去快速照相亭拍了自應徵麥丹勞打工以來久違的大頭照、支出單程一百七十圓的電車錢，以及兩百三十圓的公車錢，結果筆試的部分居然沒有合格。

在發現自己的號碼沒出現在宣告考試合格的電子顯示屏上時，真奧真的有股跟最初收到西大陸的路西菲爾軍，敗給勇者一行人的報告時相同的感覺，不對，或許這次的打擊比當時還要大也不一定。

真奧自認回答得很完美。畢竟他可是用功到連法律條文都背起來的程度，到底為什麼會不合格呢？

真奧鞭策空轉的腦袋拚命思考——

「啊！」

然後發出有生以來最少根筋的聲音。

真奧透過有才能、努力與魔性保證的記憶力，回想起一件嚴酷的事實。

「我的答案，全都填錯了一格……？」

由於學科考試是單純的是非題，因此採用的是在問題旁邊的答案欄作答的形式。

既然是單純的二選一，那麼即使填錯答案欄的順序，也不太可能讓所有的題目都變成答錯，不過學科考試的及格門檻，是要在滿分五十分中獲得四十五分。

就算填錯順序後有幾題答對，也不可能達到九成的正確率。

真奧就這樣悔恨地在第一次的駕照考試中，得到了不合格的結果。

雖然只要拿駕照去申請，麥丹勞就會連同薪水一起支付專業執照津貼，不過公司理所當然地只會幫忙代墊一次。

當真奧告訴蘆屋因為自己無聊的失誤，導致得自行支付原本公司會以訓練費名義代為負擔的五千七百圓時，蘆屋所露出的悲傷表情，讓真奧回想起他在不敵人類的逆轉攻勢，而不得不悲痛地放棄東大陸時的事情。

「……這全都要怪惠美那個笨蛋不好。」

原本熄火的公車，在此時重新啟動了引擎。

『好，我們要發車囉……』

就在公車隨著司機平穩的聲音，開始緩緩前進的瞬間，真奧小聲地嘟囔道：

「那傢伙真的從頭到尾……都只會給我添麻煩……」

無法集中。

光用這句話，就能解釋這半個月來的狀況。

不只真奧，包括蘆屋、千穗以及鈴乃在內，所有人都是如此。至於漆原就不太清楚了。

惠美是在兩個星期前的星期一返回安特．伊蘇拉。

那天真奧是去工作，千穗則是去學校。

由於蘆屋與漆原並沒有特別去送行的理由，因此真奧僅從前去送行的鈴乃傳的簡訊，得知惠美在中午過後順利前往了安特．伊蘇拉。

除了目的地不在地球以外，惠美等人原本就沒有向真奧、蘆屋以及漆原報告近況的理由或義務。

而擅自認定惠美會以某種形式跟千穗和鈴乃聯繫的真奧，也沒有特別加以確認。

更何況不用惠美提醒，真奧原本就打算好好看書，為預定在下星期舉行的駕照考試做準備，所以也沒特別留意周遭的狀況。

這段日子非常和平。

就連競爭對手肯特基炸雞店的店長猿江三月亦即大天使沙利葉，最近都非常認真地工作。

一部分是因為沙利葉打從心底，迷戀上了真奧等人工作的麥丹勞幡之谷站前店的店長木崎，再加上這位大天使前陣子透過千穗的法術修行，成功縮短了與木崎的距離（沙利葉自己擅自這麼認為），所以他最近對真奧與千穗的態度也特別殷勤。

除此之外，一想到平常總是囉嗦個不停的惠美不在自己身邊，真奧也總算能暢快地將心力投注在工作與念書上。

這股解放感同樣也影響了原本對開銷十分嚴格的蘆屋，他不但每天晚餐增加一道讓真奧等人自行選擇的菜色，同時也沒對趁機不斷網購的漆原抱怨。

雖然千穗似乎替惠美的狀況感到擔心，但對方畢竟是世界最強的人類——勇者艾米莉亞。

既然對方之後一定會若無其事地回來，那麼想太多也只會讓自己吃虧，因此抱著這樣想法的真奧，並沒有正視千穗的擔憂。

變化發生在當週的星期六。

※

「魔王，艾米莉亞回來了嗎？」

在真奧平常去上班前稍早的時間，鈴乃前來拜訪並同時問道。

「啊？妳突然問這個幹什麼？」

「呃，我只是想知道艾米莉亞回來了沒……」

鈴乃重複了一次相同問題後，便陷入了沉默。

「誰知道啊。她沒回來嗎？」

站在真奧的立場，被人問這種事也只會感到困擾。

即使惠美從故鄉回到這裡，也沒理由聯絡真奧。

既然鈴乃跟千穗都沒聽說，那真奧等人更不可能會知道。

真奧如此說明完後——

「嗯，的確。說的也是。不好意思，打擾你了。」

鈴乃便以看起來有些困擾的表情離開了。

「……？」

就在真奧與蘆屋疑惑地面面相覷、漆原趴在電腦桌上呼呼大睡的這段期間，走出走廊的鈴乃在那裡磨蹭了一會兒後，才下定決心似的開口：

「……千穗小姐嗎？不好意思這麼早打擾妳。」

外面傳來鈴乃打電話給千穗的聲音。

真奧斷斷續續地聽著兩人的對話，抬頭看向貼在冰箱上面的排班表兼月曆。

今天是九月十一日星期六。

如果真奧沒記錯，惠美應該在昨天就回來了才對，在明天十二日的位置上，千穗用可愛的字跡——

「遊佐小姐，生日快樂！」

寫下了這句話。

雖然不知不覺間已經聽不見鈴乃從外面傳來的聲音，但就在真奧發現這件事的同時，他放在房間角落的手機開始響了起來。

那是千穗打來的電話。

她的聲音，聽起來彷彿隨時會哭出來。

隔天也一樣完全沒有來自惠美的聯絡。

雖然真奧昨天忙著安撫擔心惠美的千穗，但這下就連他也開始覺得情況不對勁了。

考慮到惠美的性格，姑且不論真奧，她應該不會做出害千穗擔心的事情才對。

而且今天是之前跟千穗約好的十二日。

儘管對真奧的參加感到不滿、但惠美應該不排斥與千穗互相慶生，不可能連一句道歉都沒有就直接毀約。

鈴乃今天也一樣一大早就來魔王城確認惠美的安危。

「難道沒辦法跟那個叫艾美拉達的人取得聯絡嗎？」

雖然真奧試著如此問道，但鈴乃連房間都沒進，就直接站在玄關低聲回答：

「就是因為連跟艾美拉達小姐都無法取得聯繫，我才會這麼著急啊。」

通往異世界的「門」是在惠美的公寓頂樓開啟，而替惠美送行那天，鈴乃也與惠美過去的旅伴——安特·伊蘇拉最強的法術士——艾美拉達·愛德華交換了手機號碼與郵件地址。

原本應該不會直接交流的聖·埃雷宮廷法術士與大法神教會訂教審議官，居然在異世界的日本交換手機號碼，雖然不曉得是哪一邊先開始的，但兩人都露出了奇妙的笑容。

在那之後，鈴乃曾透過用手機進行的「概念收發」，收到惠美平安抵達安特·伊蘇拉的通知，然而這更讓她無法理解，為什麼現在會無法與惠美和艾美拉達取得聯絡。

跟過去分成人類與惡魔兩個派系爭鬥的時期相比，現在的安特·伊蘇拉情勢因為各方勢力的介入，已經變得更加複雜。

若這就是惠美帶來的和平所導致的結果，那未免也太過諷刺，總之現在人類的世界，正進入五大陸之一的東大陸，與其餘大陸為敵的戰爭狀態。

企圖讓魔王軍復活的馬勒布朗契一派潛進了東大陸，而替他們居中牽線的，正是曾以勇者夥伴的身分與惡魔們戰鬥的奧爾巴·梅亞。

明明光是這樣就已經十分複雜，那些馬勒布朗契居然還使喚著天使們拚了命尋找的構成世界的球體──「質點」的化身，讓人隱約能察覺天使正在背後暗中活動。

儘管知道這項事實的人不多，但無論他們接下來將抱持何種想法行動，都能確定這已經不是單純結束人類之間在安特·伊蘇拉引發的戰爭，就能解決的問題。

「要是我與安特·伊蘇拉聯絡得太頻繁，會有概念收發的念波遭教會察覺的風險，所以我也不能隨便跟那邊通訊。」

大法神教會對鈴乃下達的密令表面上尚未解除，而她也完全沒打算實行。

鈴乃是為了導正教會的正義，才會在日本生活並擅自展開行動，就結果而言，形式上她等於是違背了教會執行部的命令。

鈴乃過去所背負的密令，是散播勇者艾米莉亞已經死亡的虛假消息，並隱藏奧爾巴對魔王還活著這件事置之不理的背教行為。

在無法達成這些目標的情況下，就要除掉惠美與真奧，讓「奧爾巴的謊言成真」。

考慮到惠美在安特．伊蘇拉足足花了兩年才結束討伐魔王的旅程，想必教會執行部應該也不認為到異世界出差的鈴乃，能在短短三個月就達成任務吧。

然而即使未遭到懷疑，鈴乃也不能讓別人知道自己採取了違反教會執行部意向的行動。

畢竟「克莉絲提亞．貝爾就任新惡魔大元帥」這項不得了的情報，已經被傳到盤據東大陸的惡魔們耳中了。

奧爾巴目前似乎是脫離教會活動，所以短期內應該不用擔心教會取得惡魔擁有的情報，但即使如此，鈴乃現在的立場還是比惠美要來得微妙許多。

「最壞的狀況，就是他們可能會派跟過去的我一樣的人來日本。而且那些人為了抹消對教會不利的事實，絕對會毫不猶豫地做出危害日本的事情。」

「唉，光是艾米莉亞還活著這件事，對教會就已經夠不利了，奧爾巴在來這裡之前也講過好幾次呢。」

漆原回想起前陣子的事情，開口說道。

「貝爾，照這樣聽起來，打從妳當初來到日本至今，都一直在擱置這個問題嗎？」

蘆屋以有些嚴厲的語氣發問。

「你說的沒錯。關於沙利葉大人那件事，我完全無話可說……不過坦白講，事情之所以會變成現在這樣，你們也要負很大的責任。」

然而鈴乃卻毫不愧疚地回敬了蘆屋一眼。

「什麼？」

「……倒不如說，這全都要怪你們。」

「這我可不能當作沒聽見。」

雖然真奧也因為鈴乃傲慢的說法而有些動怒，但後者只是輕輕地聳肩回答：

「我原本的理想，是讓勇者在討伐完逃到異世界的魔王後歸還，為安特．伊蘇拉帶來真正的和平，同時將破壞艾米莉亞名譽的教會正義，導正為人們真正的信仰依據。不過勇者艾米莉亞本人……」

鈴乃像是覺得無趣般的哼了一聲，俯瞰著真奧說道：

「別說是相信魔王不會做壞事而完全不討伐他了，最後甚至還丟下他直接返鄉。這樣無論過多久，我的狀況都不會改變。」

「……唔。」

真奧尷尬地咋了一下舌，蘆屋也皺著眉頭發出呻吟。

不過兩人還是無法反駁。

「如果我現在可以當場把你們解決掉，那情況多少會有點改變喔？」

鈴乃瞇起眼睛，瞪向懊悔得咬牙切齒的真奧。

「唉，現在不是開玩笑的時候。問題在於艾米莉亞……不過現狀我們這邊根本無計可施。關於艾米莉亞沒回來這點，比起艾米莉亞本人，或許還是認為艾美拉達小姐那邊發生了什麼狀況比較妥當。」

「艾美拉達？」

「嗯。艾米莉亞本身不會使用『開門術』，而這點艾美拉達小姐也一樣。她們主要是依靠一個名叫『天使的羽毛筆』的道具。」

在聽見那個道具名稱的瞬間，真奧的眉頭不知為何皺了一下，但在場並沒有人發現這點。

「聽說那支羽毛筆是由艾美拉達小姐保管，所以我才在想，或許是艾美拉達小姐出了什麼事……而艾米莉亞正在設法解決也不一定。」

鈴乃的語氣之所以有些遲疑，大概是因為她本人也知道這一切都只是推測而已。

「那為什麼惠美沒將這件事告訴妳或小千呢？」

而這項推測，馬上就被真奧理所當然的疑問給否定了。

「惠美至今一直都有透過『概念收發』與艾美拉達通信吧。既然如此，她在那邊應該也有辦法和這裡聯絡……為什麼她沒聯絡妳們？」

「……要是能知道原因，我也不會這麼著急。」

鈴乃的聲音裡充滿焦躁。

「不過，就算假設艾米莉亞本人遇到了某種麻煩，那到底又會是什麼事情呢？雖然講這種話對艾米莉亞不太好意思，不過無論她被捲進了什麼樣的麻煩，我都無法想像她會陷入困境。畢竟她可是勇者喔？除了世界崩壞以外，我實在想不到還有什麼麻煩，可以讓連魔王軍與大天使都能輕易擊退的艾米莉亞，陷入音訊不通的狀況。」

沒錯，基本上惠美擁有無論地球人還是安特．伊蘇拉人，都望塵莫及的強健身體。

雖然那主要是受到聖法氣與天使之血的影響，不過即使她在路上遭遇交通事故，應該仍會毫髮無傷吧。

若是教會騎士團那種程度的敵人，那麼無論是遭到一名以上的對手偷襲，還是四肢遭到綑綁、嘴巴被人塞住，惠美都能在連根手指頭都不用動的情況下，只靠法術打倒他們吧。

「喂，我問妳一個問題，『開門術』對人類來說真的那麼困難嗎？」

「什麼？」

鈴乃因為真奧突如其來的質問而抬起眉毛。

「呃，雖然我們現在是這個樣子，但無論我、蘆屋還是漆原，都能獨自施展『開門術』。外加奧爾巴好像也會使用，所以我實在無法理解為什麼妳跟惠美不會。」

「你只是想表達自己很優秀吧。」

鈴乃不太高興地說完後，閉上眼睛回答：

「嚴格來講，我也不是不會使用。艾米莉亞只要累積正式的訓練，應該也能學會吧。總而言之，使用『開門術』除了會消耗大量的聖法氣之外，還需要複雜的術式。即使我本人習得了術式，若沒有相應的放大器，就算能夠開啟『門』，也無法指定通過『門』後的目的地。」

「原來如此，關鍵在於聖法氣的量啊……」

「所以在跟艾米莉亞不同的意義上，能夠不靠放大器、僅憑一己之力施展『開門術』的奧爾巴大人，稱得上是接近怪物的存在。即使是在大法神教會現任執行部的六大神官中，能跟奧爾巴大人匹敵的大概也只有相對年輕的賽凡提斯大人吧。而且我甚至不知道賽凡提斯大人是否有研究相關的術式，畢竟這是日常生活用不到的法術。」

「說的也是……」

「雖然包括我在內，外交·傳教部中還是有幾個修習過『開門術』的人，不過除了奧爾巴大人以外，我想不到還有誰能在沒有放大器的狀況下使用。至於關鍵的放大器，則是指設置在教會大本營的聖·因古諾雷德與西大陸特定幾個教區的巨大建築——『天之梯』。在施展法術前，首先得花時間移動到那些地方才行。」

「喔～」

「雖說奧爾巴大人能夠使用『開門術』，但是否能光憑一己之力將『門』完全固定，並完美地指定目的地就有所疑問了。畢竟若奧爾巴大人真的打算抹殺艾米莉亞，應該不會將她傳送到擁有如此繁榮國家的人類世界。」

這麼說的確有道理。

「而且開啟『門』和維持『門』的安定讓人通過，完全是兩回事。」

鈴乃繼續說道：

「若單純只是打開『門』，那或許我也能勉強在沒有輔助的情況下做到，但最多就是這樣了。我無法保障通過『門』的人的安全，而如果想通過自己打開的『門』，就必須擁有『安定地讓門維持開通狀態』的能力才行。既然不曉得體感時間要花上多久，要是在中途力盡讓『門』失去安定性，根本就無法預期會被傳送到哪裡。」

「喔喔……」

真奧與蘆屋忍不住互望了一眼，並點頭表示贊同。

兩人當初正是因為失去對「門」的控制才會飄流到日本，所以不得不認同鈴乃的說法。

「既然如此，只要讓真奧恢復成魔王施展法術，不就能前往安特．伊蘇拉了嗎？」

漆原突然插嘴說道。

「讓聖法氣過載後，便能轉換成魔力，這你們之前不是實驗成功過一次了嗎？若能讓真奧恢復魔力，那想開幾次『門』都不成問題吧？」

「嗯，以路西菲爾來說，這真是充滿建設性的意見。」

蘆屋佩服地說道，但鈴乃依然板著臉回答：

「大概不行吧。」

「嗯，我也這麼覺得。」

真奧也跟著一起否定。

「之前那次是有惠美在。光靠鈴乃一個人的聖法氣，就算使出全力注入我的身體，也頂多讓我覺得不舒服而已，根本無法恢復我的魔力。」

「雖然不甘心，但魔王說的沒錯。我個人擁有的聖法氣，還不知道有沒有到艾米莉亞的一半呢。基本上我們的容量打從根本就不同。若只注入我一個人的分量，要是一個不小心害魔王身為惡魔的部分發生聖法氣中毒，你們下個月開始可就要流落街頭了。」

「唔。」

「不行啊……我本來以為是個好主意呢。」

蘆屋表情嚴肅地倒抽了一口氣，漆原則是趴在和式椅上念念有詞。

「……你們給我等一下。什麼時候話題變成惠美陷入險境，而我必須去救她才行啦？」

真奧揮著手重整場面。

「雖然你們好像忘了，但我可是惡魔之王，是惠美的敵人喔？無論安特·伊蘇拉的人類想戰爭還是想怎樣，都跟我們完全無關，倒不如說若你們因為戰爭而互相殘殺，對我們還比較有利呢。而且不管是回安特．伊蘇拉，還是在那邊被捲入了什麼麻煩，都是惠美自己的責任。後續的事，是惠美跟你們的問題，和我們一點關係也沒有。唉，不過小千就有點可憐了。」

真奧看向貼在冰箱上的排班表，回想千穗高興地在上面寫下聯合生日派對預定時的背影。

「就算魔王軍全部一起上，也不是惠美的對手。更何況回到安特．伊蘇拉後，她體內的聖法氣蓄積量也會跟著上升，變得比在這裡時還要強上好幾倍。擔心她根本就沒有意義。」

真奧一反常態地快速說完後，看向鈴乃。

「既然妳現在束手無策，那我們也是一樣。而且我們跟妳不同，用不著擔心惠美的安全。那傢伙是憑自己的意志回去的。」

「魔王……可是……」

「這個話題到此為止。既然惠美沒來，那今天的派對就取消了吧。我該為明天的駕照考試做準備了。喂，漆原，讓開。」

真奧將漆原趕離電腦桌，而漆原也難得識趣地什麼也沒說，就直接讓出了電腦。

真奧連上能做駕照考試模擬試題的網站，蘆屋、漆原與鈴乃只能一臉複雜地看著他透過背影，散發出這個話題到此為止的氣氛。

「魔王。」

「……幹什麼，還有其他事嗎？」
「即使千穗小姐向你求助，你也會說一樣的話嗎？」
「……唔。」
真奧瞬間語塞，但還是固執地回答：
「雖然會採取比較溫和的說法，但我的結論不會改變。首先，我是真的無能為力。更何況對方可是惠美耶。我已經說過很多次了，根本就不需要擔心她。」
真奧頭也不回地回答。
針對這件事，蘆屋與漆原也完全無話可說。
不過——
「真奧哥……」
一道極為微弱的聲音，讓魔王原本彎起的背跟心臟都突然震了一下。
真奧屏住呼吸，緩緩轉頭。
在那裡的是——
「佐、佐佐木小姐……」
「唔哇，真殘忍。」
站在發出呻吟的蘆屋，以及像是在責備鈴乃的漆原視線前方的人，正是神色悄然的千穗。

出現在鈴乃身旁的千穗，以充滿不安的眼神，筆直看向回過頭來的真奧。

鈴乃之所以不進房間，就是為了這個理由吧。

她打從一開始就想讓千穗聽見一切。

「……嘖……」

「我知道真奧哥不是那種說一套做一套的人。」

「……咦？」

真奧原本以為會被冷淡地責備，但千穗卻說出了出乎意料的話：

「真奧哥是魔王，遊佐小姐是勇者……你們兩人原本是敵對關係，這些事情我都知道。真奧哥說不在乎『勇者艾米莉亞』會變成怎樣，應該也是認真的吧。」

千穗將雙手握在胸前，即使她的聲音顫抖到彷彿就快哭出來了，她還是繼續激動地說道：

「『魔王撒旦』與『勇者艾米莉亞』打從見面時起就是敵人，事到如今，這已經是無可挽回的事實。我也認為你們只能以敵人的身分相遇……不過，真奧哥……你之前不是有說過要送我很棒的禮物嗎？」

無法壓抑的感情，開始從千穗的臉上滿溢而出。

「雖然遊佐小姐，或許很不情願，也不一定……不過，你不是說過了嗎……我、鈴乃小姐……跟遊佐小姐，都是真奧哥的『大元帥』……可以，待在你的身邊，你要讓我們，見識到

新的世界……」

「……佐佐木小姐。」

「咦，那是怎樣，我怎麼沒聽說，好痛！」

蘆屋認真聽著千穗拚命向真奧傾訴的聲音，並賞了一旁不懂得看氣氛想逕自發言的漆原臉上一巴掌。

千穗看向因為鼻子受到強烈打擊而痛得說不出話的漆原，然後繼續說道：

「就連曾經背叛過一次的漆原先生，現在也是大元帥對吧……嗚……真奧哥，不是自己指名遊佐小姐的嗎……你不是按照自己的意志，指定曾經是敵人的遊佐小姐……」

「……」

「即使我的擔心，毫無意義也沒關係。那樣反而，還比較好……可是，那麼厲害的遊佐小姐，居然沒有回來，我真的好擔心……」

「千穗小姐……」

千穗雙腿一軟，但旁邊的鈴乃及時扶住了她。

真奧依然維持回頭的姿勢，完全無法動彈。

「而且……阿拉斯·拉瑪斯妹妹，也跟遊佐小姐在一起吧？既然如此，真奧哥怎麼可能不擔心呢……所以，現在的真奧哥，是在說謊……呼……」

千穗似乎總算在崩潰之前，勉強克制住了自己的感情，她顫抖地用力嘆口氣，然後當場行了一禮。

「是我拜託鈴乃小姐讓我在現場旁聽的。對不起，居然做出這種像是欺騙大家的行為。」

「……嗯。」

「……那我先告退了……」

在千穗重新輕輕行禮、穿過鈴乃身邊準備回去時，真奧以毫無霸氣的聲音喊道：

「小千。」

「……是的。」

千穗停下腳步，但並沒有回頭。

真奧一時也想不通，為什麼自己要叫住千穗。

經過一陣沉默後，真奧總算開口說出來的──

「……妳可別想亂用『概念收發』跟惠美聯絡喔。要是惠美真的遇到棘手的麻煩，妳的處境也可能會因此變得危險。」

卻是這種無聊的事情。

千穗沒有回頭，所以無法確認她現在是什麼表情──

「我知道了。」

不過她輕聲說完這句話後，便離開了Villa・Rosa笹塚。

聽見走下公共樓梯的腳步聲，並從窗戶確認出現在前方馬路、失意地走回家的千穗背影消失在轉角後，真奧表情險惡地回頭看向鈴乃：

「……妳這傢伙……」

完全被設計了。

雖然真奧忍不住瞪向鈴乃，但兩人都知道這位魔王眼中蘊含的力道有多麼微弱。

「若不做到這種地步，根本就無法確認你真正的心意。」

鈴乃毫不愧疚地苦笑道。

「雖然這並非我的本意，但既然我也被指名為新生魔王軍的大元帥之一，那麼希望『主人』能考慮庇護『同僚』，應該不算過分吧？」

「……關於這方面的事情，你之後可要好好跟我交代清楚喔。」

看見漆原一臉不滿地鑽進壁櫥後，鈴乃繼續說道：

「話雖如此，如果一開始就麻煩『主人』，那我這個『大元帥』也太沒面子了，既然已經取得你的保證，這次就先這樣算了吧。」

「如果妳只想在對自己有利時利用大元帥的立場，那我可是會如妳所願地將妳除名喔。最重要的是，我剛才根本就沒答應妳們什麼……」

「從你只能愣愣地聽千穗小姐說那些話，完全無法反駁來看，我就知道你很在意艾米莉亞跟阿拉斯．拉瑪斯的安危了。除此之外，還需要其他的保證嗎？」

「……」

「那麼，我會先試著想想看有什麼能做的事。若能像千穗小姐說的那樣只是白擔心一場，那當然是最好了。」

鈴乃靜靜地離開魔王城。

「……可惡……」

真奧用力搥了一下電腦桌。

「……魔王大人，恕我冒昧……」

「怎樣啦。連你也要對我說教，叫我擔心惠美嗎？」

真奧不悅地回答從背後向自己搭話的蘆屋。

「不，坦白講，其實我對任命艾米莉亞與貝爾為惡魔大元帥這件事，是站在反對的立場，不過比起這個，現在還有更值得擔憂的狀況。」

「啊？」

蘆屋端正地在真奧背後坐下，以跟主人相同的高度說道：

「雖然魔王大人剛才刻意迴避了某個可能性，但恐怕貝爾跟佐佐木小姐也都隱約察覺到

了。所以她們才會認為艾米莉亞被捲進了什麼麻煩。」

「……」

真奧看著眼前的電腦螢幕，上面正顯示著駕照考試的學科問題。

問題裡以行駛中的車輛視點，畫了人行道與十字路口的圖案，主題是「預測危險」。

後續將以是非題的形式，來從這張圖推測可能發生的危險。

「的確，如果打算直接加害艾米莉亞本人，那麼即使是我等魔王軍，應該也不是她的對手。不過既然安特．伊蘇拉的人類之間正處於戰爭狀態……那麼能削弱艾米莉亞的武器與力量的『危險』，可不見得只有從正面攻過來的刀劍。」

「……」

「艾米莉亞即使被安特．伊蘇拉的人類社會背叛，依然保持身為人類救世主與勇者的驕傲。同為人類，若想壓抑為人正派的艾米莉亞的力量，最有效的手段會是什麼呢？」

「……誰知道人類在想什麼啊……」

「為了學習人類的想法、而親自留在這裡的魔王大人，有知道這些事的義務。」

蘆屋的語氣，從頭到尾都十分平穩。

不過正因為蘆屋跟千穗一樣比任何人都了解真奧，所以他毫不留情地確實指出真奧的矛盾之處。

能對主人提出確切諫言的臣子，是非常珍貴的存在。

「除了艾美拉達‧愛德華與艾伯特‧安迪以外，惠美在目前的安特‧伊蘇拉可以說沒有任何的同伴。以教會為首的權力者們自不待言，就連巴巴力提亞率領的馬勒布朗契跟天界都是她的敵人。若那些人透過某種手段得知艾米莉亞出現在相當於主戰場的安特‧伊蘇拉，您覺得他們會袖手旁觀嗎？」

艾美拉達針對自己的行動，應該都有盡可能地控管情報。

然而另一方面，同時也不難想像艾美拉達與艾伯特都遭到了多方勢力的監視。

畢竟他們不但憑自己的意志逃離教會的軟禁，甚至還公開駁斥教會正式發表的勇者艾米莉亞的死訊。

既然鈴乃並未按照教會的意思行動，那麼教會對艾美拉達與艾伯特的監視自然不可能隨著時間經過就解除。

若艾美拉達的行動被某人察覺，而打算趁機利用這點的勢力又如鈴乃所預想的那樣，對艾美拉達設下了陷阱，那事情會變得如何呢……

「最簡單的方法，就是利用人質……吧？」

「您說的沒錯。而且不限於艾美拉達‧愛德華，只要能抑制艾米莉亞使用力量，那麼對象是誰都無所謂。透過脅持艾米莉亞重視的存在，壓抑她那宛如鬼神般的力量……人類，不就是

那樣的生物嗎？」

「的確。基本上在我統一之前，魔界根本就沒有『脅持人質』這種高等的戰略，也沒有人類會異想天開到拿惡魔當人質。不過……安特．伊蘇拉的人類有必要對惠美做出這種事嗎？再怎麼說，她好歹也是拯救世界的勇者吧？」

安特．伊蘇拉的人類既沒有理由，也沒道理與勇者艾米莉亞為敵。

純粹就實力差距來看，實在難以想像有誰能因為這種類似挑釁救世主的行為得到什麼好處……

「雖然現在才說這種話也無濟於事，不過在法爾法雷洛回去時，指定艾米莉亞與貝爾擔任大元帥實在是項失策。」

蘆屋突然將話題拉了回來。

像是在曉諭主人般，蘆屋對著疑惑的真奧侃侃而談：

「在剛聽說這件事時，我本來以為這是魔王大人為了削弱艾米莉亞與貝爾周邊人脈的布局……看來果然並非如此。」

感覺到蘆屋開始微妙地進入了說教模式，真奧不禁板起臉回答：

「雖然多少是受到當時氣氛的影響，不過為了同時擔保小千的安全與避免惡魔們再度來到日本，這也是無可奈何的事情……畢竟若讓巴巴力提亞知道惠美還活著，那傢伙很可能會直接攻過來……」

蘆屋點頭表示贊同。

真奧不希望身為自己臣民的惡魔死於無意義的戰鬥。

西里亞特在銚子引發的那場戰鬥，就能證明即使是馬勒布朗契的頭目對上尚未恢復所有實力的惠美，還是不會有勝算。

無論叛離魔界的巴巴力提亞一派是基於什麼樣的意圖展開行動，若他們繼續對日本造成危害，惠美與鈴乃絕對不會袖手旁觀。

為了避免事情發展成那樣，必須由魔王親自宣告這些過去的惡魔之敵，已經不再是敵人才行。

對惡魔之王而言，這樣的想法可說是非常正確。雖然正確——

「雖然魔王大人透過任命那三人為新的大元帥，確保了日本與佐佐木小姐的安全，但您有自覺這也相對犧牲了艾米莉亞和貝爾在安特．伊蘇拉的安全嗎？」

真奧愣了一下後開口：

「呃，嗯？因為鈴乃跟惠美現在是這樣……而法爾法雷洛又將這個消息帶到了艾夫薩汗……既然東大陸目前是由巴巴力提亞支配……」

像是為了整理思緒般，真奧用手指在空中比劃了幾下後——

「……………………啊！」

才抱頭喊道。

「原來如此，這讓人類生氣啊！因為以為惠美跟鈴乃是背叛者！」

「看來您是真的不知道呢……」

蘆屋嘆道。

「畢竟這是惡魔帶回去的消息，而且檯面上的官方說法是艾米莉亞已經去世，考慮到貝爾的任務算是密令，人類們應該不會馬上相信這項情報，不過即使如此，也許有些人會因為起疑而展開行動。」

如同鈴乃剛才所言，下次派來的不是新的刺客，就是大規模的人類部隊。真奧原本以為排除了惡魔的威脅，但卻不自覺地讓惠美與鈴乃暴露在危險之中。

「那、那為什麼她們什麼也沒說……」

雖說是半開玩笑，但鈴乃剛才的確自稱為「大元帥」，而或許是為了千穗的安全著想，惠美除了第一天以外，看起來也接受了這項事實。

「這正表示她們已接受了吧。為了佐佐木小姐的安全，她們大概早已做好讓自己面臨危險的覺悟。艾米莉亞這次之所以決定回家鄉，不也是基於『不想再受制於人』這樣的動機嗎？」

「……那是……」

「就是因為明白這點，所以艾米莉亞與貝爾才什麼都沒說。當然有一部分也是因為在意佐佐木小姐……不過這難道不代表她們也想守護現在的狀況嗎……守護這個照理絕對無法相容的我們雖然懷抱著各種問題，但還是聚在一起共進晚餐的生活。」

「那你又是怎麼想的？」

「這個嘛，事到如今，只要魔王大人最後能達成征服世界的野心，那麼過程如何我並不會太在意。當然就個人而言，我還是不希望面臨必須與仇敵聯手的狀況。」

蘆屋露骨地迴避真奧的反擊。

真奧一臉不悅地生著悶氣，蘆屋則是先露出遊刃有餘的笑容看了主人一眼後，馬上恢復嚴肅的表情繼續說道：

「魔王大人，我的想法是這樣的……您覺得目前最明顯想拘留艾米莉亞的，是哪一方的勢力呢？」

「啊？」

「艾米莉亞本人擁有強韌的體魄與精神。因此可想而知，一般人即使想強迫她做什麼事情，也無法將那份武力納為己用，反倒是一個不小心，就會遭到對方的反擊。」

「你到底想說什麼？」

「能看出艾米莉亞除了武力以外所擁有的價值的……究竟是哪方的勢力？」

「……喂，難不成……」

真奧因為腦中浮現出那些為了奪取惠美的聖劍、阿拉斯．拉瑪斯，以及「基礎」碎片而大舉現身的天使臉孔，倒抽了一口氣。

若這個預想正確，且惠美也確實遇到了麻煩，那麼連阿拉斯．拉瑪斯也會遭到波及。

「不過，這些全都只是想像吧？」

隨著一道拉門開啟的聲音，漆原突然打開壁櫥走了出來。

漆原手裡，正抱著他擅自放進壁櫥裡的迷你收納櫃的抽屜。

「我們又不知道安特．伊蘇拉和日本的曆法是不是完全互通，而且那個世界的公共馬車和日本不同，根本就不會按照時刻表抵達車站吧？再加上還必須考慮到艾美拉達．愛德華的行程，所以她或許只是因為時間難以配合才延後回來也不一定。」

漆原將抽屜放在榻榻米上，開始翻找裡面的東西。

「雖然我們沒什麼資格講這種話，但既然是被魔王軍侵略過的復興中國家，那各項設施應該都還不夠充實吧，我覺得艾米莉亞只是單純太過習慣日本的生活，所以才會遲到。」

「……你的想法也太樂觀了吧。」

「話雖如此，若像連今天都還沒結束就開始哭哭啼啼的佐佐木千穗那樣，也未免太悲觀了一點。雖然你們有討論到人質的可能性，不過我以前指揮的西方攻略軍別說是艾美拉達．愛德華一個人了，甚至還曾經挾持過好幾位聖・埃雷的大人物喔？可是艾米莉亞當時不但救出了所有人質，最後還擊潰了我的軍隊。所以我實在難以想像她會因為對手抓了人質就任人宰割。」

不愧是曾經與惠美交戰過兩次並接連敗北的漆原，總覺得他的說法莫名地有說服力。

的確，如果對象是惠美，那感覺她光靠力量就足以打破一般人的小伎倆。

「唉，不如就再觀察一下狀況如何？雖然我不是不能理解你們擔心阿拉斯・拉瑪斯的心情，不過只要艾米莉亞還活著，她就不會有事吧？至少目前無論是地球還是安特・伊蘇拉，我都想不到有誰能單方面地殺掉艾米莉亞。」

說完後，漆原什麼都沒拿就直接將找過的抽屜放回壁櫥，然後再次拿出新的抽屜。

「總之就先等貝爾採取什麼行動好了。基本上艾米莉亞就算遭遇什麼困難，也不會希望真奧為她做些什麼吧？」

倒不如說，感覺她反而會為真奧等人多管閒事而生氣。

「……蘆屋，漆原。」

「是。」

「嗯？」

真奧苦笑地深深嘆了口氣。

「不好意思。我稍微冷靜一點了。」

說完後，真奧重新轉向電腦。

「現在還是先將精神集中在眼前的事情上。等那傢伙回來時，再拿駕照出來給她看，並針對遲到的事情大大地消遣她吧。」

「……」

「隨你高興吧……咦，到底放到哪裡去了……印象中他之前來的時候是放在這裡……我應該沒丟掉才對啊。」

蘆屋默默地對著主人的背影行了一禮，漆原則是再度拉出新的抽屜，看來他似乎正在找什麼東西。

結果雖然惠美當天還是沒有回來，但魔王城表面上仍度過了與平常相同的時光。

※

最後，真奧的首次考試失敗，不得不進行第二次的挑戰。

儘管並不是想轉嫁責任，但讓真奧第一次考試無法集中精神的原因，果然還是因為千穗與蘆屋的那些話。

真奧本人的確說過要任命惠美為大元帥，而且在那之後也對惠美宣告要替她的人生找出新意義。

此外，蘆屋的想像絕非多慮，天界一直都想拘禁惠美，若被他們發現惠美去了安特．伊蘇拉，理所當然地會採取那樣的戰略。

然而過去曾經想抓惠美並奪取聖劍的沙利葉，在深深迷戀上真奧的上司後已經完全變成日本的居民，且在那之後也沒有與自己的同伴聯絡的氣息。

何況就連與大天使沙利葉同等級的加百列，都曾被惠美輕易地擊退。

雖說若同時出現一名以上的大天使等級的對手，狀況或許會有所不同，但那樣即使不是發生在日本，也一樣會演變成大事件。

難以想像安特．伊蘇拉的人類會沒有察覺他們的聖法氣，不過這麼一來，真奧就更搞不懂惠美沒回日本的理由了。

雖然真奧就是因為一直在想這些事情，才會把答案全部填錯一格，但結果距離惠美預定回日本的日子以來，至今已經過了兩個星期。

鈴乃在那之後似乎研究了不少方法，像是為了使用不容易被人探測到概念收發的高等術式而在日本籌措放大器、發射聲納，或是尋找惠美的另一位同伴艾伯特的行蹤等等，總之只要是能在日本進行的事情，她全都嘗試過了。

因此鈴乃的房間現在充滿了一堆被當成放大器使用的奇怪道具和法術圖形，猛一看就像是沉迷於某種可疑的新興宗教般。

不過一直到今天為止，似乎都沒有什麼顯著的成果。

唯一能確定的是，至少惠美與艾美拉達都沒回到日本。

打從艾美拉達來接惠美回故鄉那天起，就再也沒有人開啟過連繫日本與安特・伊蘇拉的「門」了。

千穗在打工中開口的次數也明顯變少，讓真奧被不知情的木崎懷疑是否他又粗心地惹千穗不高興。

或許是因為駕照的學科考試失利，加上少了惠美的生活讓真奧感到不自在並不自覺地表現了出來——

「要是有什麼困擾，可以找我商量喔？」

最後木崎居然對真奧說出了這樣的話。

照理說真奧應該沒什麼好困擾的才對。

畢竟勇者這個宿敵不在後，周圍的環境可說是清靜到甚至讓擺脫束縛的蘆屋提議去吃烤肉的程度。

「……不對，我只是在擔心阿拉斯・拉瑪斯而已。」

回想起上一次失敗的考試結果，真奧開始替自己找藉口。

真正擅長說謊的人，只會在關鍵時刻說謊，剩下的時間則是為了不讓別人懷疑自己，而極力訴說真實。

雖然對別人說謊是種罪惡，但偶爾對自己說的謊，卻充滿了更多的欺瞞，不但消磨精神，還會讓人變得退縮。

真奧是真的擔心阿拉斯．拉瑪斯。

不過他自己也知道事情不僅如此。

真奧對想找理由蒙混過去，以及必須蒙混這種心情的自己感到生氣。

『……天文臺前……天文臺前到了。』

公車司機以獨特的說話節奏對車內進行廣播，停下車子。

這裡正好是調布站北邊出口與考場正門的中間地點。

在三鷹市國立天文臺前的公車站——

「耶！剛好趕上！」

一道與現場氣氛格格不入的聲音，從公車後方的入口傳了過來。

仔細一看，一位將報童帽戴到遮住眼睛、穿著卡其色吊帶褲的嬌小女性，正領著一位穿西裝的男性搭上公車。

「爸爸！快點啦！」

「嗯，嘿咻……」

看來他們似乎是一對父女。

真奧不經意地看向窗外。

雖然上次沒注意到，不過「天文臺前」這個站名似乎就是字面上的意思，綠意盎然的小高丘上建了一道門，讓外觀看起來就像是間大學一樣。

「喔，原來還有這種地方啊。」

在星空被人類活動的光芒掩蓋的東京居然也有天文臺，真是件讓人意外的事實。

以都心周邊住宅區來說，設有天文臺的三鷹市長久以來都還算是個繁榮的大城鎮。

至少即使在夜晚以肉眼仰望天空，也無法期待能看見閃亮的星光。

看著平常不會注意到的稀有設施，真奧腦中浮現出如此的感想，但就在他因為沒有什麼進一步的想法，而打算趁抵達考場前重新複習的瞬間。

『……好，要發車囉……』

隨著一陣劇烈的搖晃，公車重新起步。

剛才停的公車站是位於坡道上。或許是因為從斜坡上發車，所以晃動得比較厲害，讓真奧不小心弄掉了原本看到一半的教科書。

「啊！」

「喔？」

從擠得水洩不通的乘客當中，傳來了一道聲音。

「對、對不起。」

原來教科書掉在那位乘客的腳上。

真奧邊道歉邊抬頭——

「沒關係啦，別放在心上。」

然後發現眼前這位乘客，正是剛才那對上車的父女中戴著報童帽的那位少女。

雖說不可抗力，但真奧還是對在大眾交通工具上，將手伸向女性腳邊這個動作感到猶豫。

於是那位少女靈巧地在不碰到其他乘客的情況下，於混雜的車內彎腰撿起書本遞給真奧。

「來，請收下。」

「啊，謝謝。」

由於少女將帽子戴到遮住眼睛，因此坐著的真奧無法窺探對方的表情，但至少她看起來並沒有生氣。

實際上，對方也的確是笑著遞出書本——

「……」

「那、那個……」

然而少女不知為何，居然緊盯著真奧準備收下書本的手不放。

即使真奧的手已經碰到了教科書，她還是沒有放開書本，這樣看起來就像是在跟真奧搶書的樣子。

「那個……」

「……嘶嘶。」

難道是因為沒聽見嗎？

不，這個距離不可能沒聽見。

不過將身體靠向真奧的少女不但完全沒打算放開手——

「…………嘶嘶。」

「等、等一下！」

還連同教科書將真奧的手往自己臉的方向拉。

無法放開手上的書本、同時也不知道為什麼自己會被拉過去的真奧——

「喂、喂？」

只好用沒拿書的手，抓住另一隻手。

真奧並不是那種只要被陌生女性拉住手，就會感到高興的個性，更何況此時此刻還身處在大眾交通工具之上。

身為一位男性，雖然真奧基於保護自己社會生命的本能想將手抽回來——

「一下子就好了。」

「咦？」

但少女依然不肯放手。

而且看來——

「嘶嘶……」

她似乎正在聞真奧手上的味道？

「喂、喂！」

這下就連真奧也開始覺得不舒服，並強硬地將手抽開。

雖然沒拿回教科書，但手臂獲得解放的真奧一驚訝地抬頭仰望少女，便發現對方正不滿地嘟起嘴巴。

「雖然不曉得妳在幹什麼，不過把書還我吧。」

坦白講，真奧根本不想再繼續跟這位舉止怪異的少女說話，不過既然書還在對方手上，那也無可奈何。

儘管不是什麼值錢的東西，而且真奧已經完全將內容背了起來，但還是不能就這樣將自己花錢買來的東西交給別人。

就在這個時候。

「……小翼。」

少女旁邊傳來了一道新的聲音。

「是！爸爸！」

那是跟少女一同上車的西裝男子。

這麼說來，這對父女的確是一起來搭車的。

那位看起來像是父親、站在少女身邊的男性雖然五官端正，不過一看就知道不是日本人。

話說回來，真奧剛才就從簡短的對話中，察覺少女講起話來似乎微微帶有奇怪的腔調。

他們大概是外國人吧。

那位看似父親的男性，從叫「小翼」的少女手中拿起真奧的書，重新遞給真奧。

「真是非常抱歉。」

「哪、哪裡……」

雖然父親這邊看起來比較正常，但即使如此，真奧還是不太想跟這兩人扯上關係。

儘管這麼做顯得有些刻意，真奧還是打開書本，將視線從那對父女身上移開。

然而——

「小翼，妳也來跟這位先生道歉。」

那位父親卻開始發揮多餘的良知。

「是，爸爸！」

名叫「小翼」的少女當場挺直背脊，對著真奧以幾乎快讓兩人臉頰相碰的極近距離低頭道歉：

「對不起！」

儘管少女的行為的確有些踰矩，但追根究柢，問題還是先出在真奧將書弄掉在她腳邊。

「啊，嗯，沒關係啦。」

因此真奧也只能如此回答。

那位父親見狀，便點點頭，不再看向真奧。

「……」

至於重新調整好姿勢的少女，則是彷彿在觀察真奧似的將臉轉向他。

……現場氣氛十分尷尬。

真奧心想，不曉得還有多久才會抵達考場。

真奧憤憤地看著窗外標示速限三十公里的告示牌——

「小哥，小哥！」

然而別說是考場了，還沒到下一個公車站，那位叫翼的少女就來向他搭話了！

為什麼會變成這樣？

真奧忍不住露出困惑的表情。

「小哥也是要去考駕照嗎？」

「嗯、嗯……對、對啊。」

差點以粗魯語氣回答的真奧，想起少女的父親就在旁邊，而姑且先以普通的敬語應對。

從對方說了「也」來推斷，莫非這對父女的目的地跟自己一樣嗎？

這讓真奧瞬間差點昏倒。

「是第幾次啊？」

「咦？」

一時無法理解問題意義的真奧，疑惑地應了一聲。

「我跟爸爸這次是第十次！值得紀念呢！」

「十……」

真奧頓時語塞。

雖然剛才的問題似乎是在問第幾次考駕照，不過少女回答的次數也未免太過驚人了。

據已經擁有駕照的木崎和其他麥丹勞員工所言，學科部分似乎意外地難纏，所以非常可能出錯，不過考到第十次也未免太誇張了。

儘管或許這的確值得紀念，但也太沒有留下記錄或記憶的價值了吧。

「那、那個，妳小聲一點啦……」

即將參加一場充滿紀念意義考試的父親，目前人就站在旁邊。

縱然只是萍水相逢的對象，真奧也不想在抵達考場前與對方暢談這種不光采的話題。

「這也無可奈何，畢竟爸爸還看不太懂漢字。」

雖然不曉得這位父親到底是想考機車還是汽車駕照，但怎麼會有人在這種狀態下參加駕照考試呢。

還有「無可奈何」這句話，應該不是用在這種地方吧？

真奧戰戰兢兢地看向那位被女兒在公開場合誹謗中傷的父親——

「……」

「……」

而西裝男子也側眼朝這裡看了一眼，使得兩人瞬間對上視線。

在眼神相會的瞬間，男子便立刻將視線移向窗外。

不對，應該說假裝在看外面的景色。

「……」

既然都聽見了，那至少也說些什麼吧……

真奧發自內心地如是想著。

「那麼小哥，你是第幾次啊？」

「第、第二次……」

「哇喔！好厲害。只有爸爸的百分之二十呢！」

雖然沒錯，但若只針對這句話，怎麼聽都是真奧在某方面完全不如那位父親。

「妳、妳今天也要參加考試嗎？」

總之得先阻止翼繼續誹謗中傷自己的父親才行。

早早放棄讓對方閉嘴或加以無視的真奧，試著轉移話題。

「不對，我是來伺候爸爸。嗯？還是照顧？我是來照顧爸爸的。」

這樣解釋根本是愈描愈黑。怎麼回事？一般女兒會為了照顧爸爸而特地跟到考場來嗎？

通常應該是相反吧？而且就算是相反，也稱得上十分稀奇了。

「那、那妳不打算一起考……」

「姑且是有打算考一下啦。」

那一開始直接這樣回答不就好了。

報名駕照考試事先並不需要預約，只要在規定時間前抵達考場完成手續，就能參加考試。

真奧在內心的某個角落，祈禱這兩人不是參加跟自己一樣的考試。

「不過我都沒在看書，所以這次還是陪爸爸就好了。」

真奧逐漸感到疲累。

雖然對方的日語看來有一定的水準，不過既然駕照考試連續九次不及格，那就算有辦法對話，讀寫的熟練度應該也不夠吧。

日本的駕照考試，可沒簡單到能讓這種態度隨便的人合格。

「唉，你們加油吧……」

真奧也只能如此回答。

「嗯，要加油！」

翼充滿氣勢地舉起雙手。

要是這段對話能到此為止就好了，然而在經過短暫的沉默跟一次左轉後——

「喂，小哥！」

「……什麼事？」

少女再度找真奧攀談。

縱然真奧已經放棄在公車上複習，但一想到這種尷尬的對話不知道還得持續多久，就讓他產生一股絕望的心情。

「小哥，你叫什麼名字？」

「……呃……」

真奧刻意頓了一下。

雖然待人友善是件好事，但真奧實在不想結識這麼麻煩的人，就在他認真煩惱到底要不要報上名號時——

「我叫艾……不對，佐藤翼。」

那個「不對」是什麼意思？別連自己的名字都講錯啦。

沒想到對方居然連自己的名字都會弄錯，讓真奧再度感到無力。

「啊，那個，我叫真奧。」

「真奧？」

少女頂著報童帽的頭稍微歪了一下。

然後下一個瞬間——

「是指惡魔之王嗎？」

真奧感覺自己的胃都寒了。

「什、什麼……」

真奧頓時語塞。

至今從來沒有人在初次見面時就對他說出這種話。

雖然有人曾經在之後用姓名的讀音開他玩笑，但基本上「真奧」與日語中的「魔王」，在語調上有明顯的不同（註：日語中的「真奧」和「魔王」雖然讀音相同，但重音位置不同）。

不過像是為了否定不知該如何回應的真奧的想法般，翼驚訝地說道：

「因為一般說到魔王，不都是指遊戲裡面的最終頭目……」

「不是那個意思啦。」

真奧將原本憋住的氣一口氣吐了出來。

總而言之，這下真奧總算發現對方根本就沒注意到兩者語調的不同。

儘管「佐藤翼」很明顯是日本人的名字，但若打從出生時起就一直在海外生活，那的確很可能不太熟練日語。

「喔～原來你不是魔王啊。」

雖然不曉得這有什麼好遺憾的，但少女還是沮喪地垂下頭。

然而，她馬上又像是發現什麼似的抬起頭來。

在報童帽的遮掩下，真奧依然無法窺知少女的眼神，但後者自滿地笑道：

「不過啊！我爸爸叫做佐藤廣志喔！」

「咦？」

不曉得這有什麼好強調的真奧，不自覺地回頭看向站在一旁的父親。

於是那位父親也抬起頭，將視線從書本移到真奧身上——

「我叫佐藤廣志。」

輕輕地打了聲招呼。

「欸……」

雖然知道這麼做有失禮節，但真奧還是忍不住一面乾笑，一面露出懷疑的表情。

眼前這位男子的確不是那種金髮碧眼的典型外國人，但他的五官與外表，還是會讓人有種想全力吐槽「哪有這種佐藤廣志」的衝動。

話雖如此，太過先入為主也不是件好事。即使這位男性的長相無論怎麼看都是出自純正的歐洲血統，他還是可能擁有日本人或日系人種的祖先，抑或喜歡日本文化的雙親，當然，也不能排除這位佐藤廣志是透過移民取得日本姓名的可能性。

「……」

真奧與佐藤廣志彼此對望了一會兒後，這次同樣是後者先移開了視線。

即使無法直接開口問這到底是怎麼回事，但這無疑是真奧發自內心的想法。

此時——

『下一站是，考場正門前，考場正門前。前往警視廳駕照本部或府中駕照考場的乘客，請在本站下車……』

一道在車內響起的電子音，讓真奧總算解除了緊張。

這下終於能擺脫這對莫名其妙的父女了。

正當真奧打算按下裝在車內安全扶手上的下車鈴時——

「喔哇！」

他因為突然被某人拉住，而未能順利按到下車鈴。

原來是翼抓住了真奧的手。

仔細一看——

「……嘶嘶。」

「妳到底在幹什麼啊！」

少女居然以幾乎快要親到的距離，聞著真奧指甲的味道。

「小翼！」

看不下去的父親板起臉勸阻女兒，但翼本人卻一臉正經地檢視著真奧的手說道：

「……真搞不懂。」

「那是我要說的臺詞！」

真奧這次毫不猶豫地將手甩開。

「你們到底是怎麼回事啊！」

如果男女立場顛倒，這明顯已經到了能構成犯罪的程度。

雖然真奧不想說這種心胸狹窄的話，但翼的行動打從一開始就超出車內禮儀之類的問題。

「因為被一種香香的味道干擾，所以搞不太懂呢。」

「啊？」

「真奧的手，有股很香的味道。」

這傢伙到底在說什麼啊？

基於職業性質，真奧平常就會特別注意洗手的事情，不過他今天只有在早上上完廁所後，吃早餐前，用在附近藥局花八十元買來、不易產生泡沫的普通肥皂洗過手而已。

就在兩人談話的這段期間，公車總算在府中駕照考場前方的公車站停了下來。

「那、那我先走了。」

儘管對翼難解的行動感到在意、但還是想盡快擺脫這對父女的真奧迅速起身，穿過少女身邊快步走向公車前門後逃跑似的下車。

由於公車站與考場中間隔了一條馬路，因此真奧為了趕在那對父女下車前辦完手續，快速衝向眼前的天橋，往考場的正面玄關突擊。

另一方面，佐藤父女在下車時，則是為了將千元鈔換開支付從調布站北口到這裡的兩百二十圓車資，而排在最後下車。

「……小翼，別太引人注目……」

「可是，我第一次遇到那樣的人。」

翼滿不在乎地回應廣志語意模糊的提醒。

「那位小哥絕對隱藏了什麼。他的手上有某種味道。」

「味道？咳！」

廣志不小心吸到公車離開時排出的廢氣，輕輕咳了一下。

「嗯。」

「什麼味道？」

「嗯……真奧到底跑哪兒去了呢？」

也不曉得究竟有沒有在聽廣志說話，翼從公車站朝周圍四處張望，尋找真奧的身影。

「……總之先去考試吧。今天我一定要考上。」

「加油喔。」

翼看起來絲毫沒把廣志淡淡做出的決意放在心上。

過了一段時間後，翼放棄尋找真奧，與廣志一同走上了天橋。

「還有啊，關於真奧手上的味道。」

「……妳講話總是跳來跳去的，害我每次都被妳嚇到。」

廣志以一副靜不下心的樣子，轉頭看向翼。

而翼還是一樣滿不在乎地繼續說道：

「真奧的手啊……」

此時，兩人從天橋上看見一輛從別的地方開來的公車，停在靠考場那側的車道，緊接著車內便湧出了大批考生。

看來廣志接下來得花上好一段時間才能完成手續了。

廣志表情不變地嘆了口氣，翼則是接著說道：

「有油、馬鈴薯跟一種令人懷念的味道。」

「……令人懷念的味道？」

雖然廣志看起來對油跟馬鈴薯沒什麼概念，不過還是彷彿察覺到什麼似的回頭看向翼。

翼突然停下腳步，開始在原地宛如芭蕾舞者般的轉圈，最後準確地將視線停在考場的正面玄關，以認真的語氣悄聲說道：

「那股懷念的味道，跟我以前待的那個溫暖的地方一模一樣……」

※

「喂，你有沒有聞到什麼奇怪的味道？」

坐在電腦桌前的漆原皺眉環視周圍後，忙著在被爐上寫東西的蘆屋便頭也沒抬地回答：

「是貝爾的房間。」

「咦？」

漆原回頭發出疑問之聲。

飄過來這裡的，是一種類似混合藥草加以熬煮加熱、感覺又甜又刺激鼻腔深處的味道，因此給人的感覺十分討厭。

「她好像在燒某種香。大概是要當成法術的放大器吧。」

「……那傢伙到底在幹什麼啊？」

「不知道。昨天看見有粉紅色的煙從門縫裡竄出來時，就連我也嚇了一跳呢。總之她好像想把能試的方法都試過一遍。」

「要是從窗戶傳出去，難道附近居民不會以為發生火災而報警嗎？」

漆原板起臉看向鈴乃房間的方向。

「唉，她是想盡己所能，尋找艾米莉亞的行蹤吧？」

「嗯。」

蘆屋敷衍地回答漆原，表情嚴肅地在桌上振筆疾書。

打從原本預定要舉辦千穗與惠美生日派對的那天開始，蘆屋只要一有空就會像現在這樣寫東西。

漆原一開始以為蘆屋是在寫家計簿之類的東西，但在那些文件開始以一天五張Ａ４紙左右的頻率增加後——

「你要用電腦嗎？」

還曾經出現漆原難得關心蘆屋——

「我不懂電腦。」

但被對方斷然拒絕的場景。

雖然因此感到不悅的漆原在那之後便不再關心這件事，不過從蘆屋開始這麼做的時間點來看，他應該是以他的方式，基於某種想法在做自己能做的事情吧。

至少能確定蘆屋應該不是在總結今年的家計，畢竟現在才秋天而已。

就在這個時候——

「唔哇！」

「嗯？」

公寓小小地搖晃了一下。

鈴乃的房間傳來某個足以被稱為爆炸聲的聲響，讓漆原與蘆屋一同發出驚呼。

與此同時──

「嗚嗚嗚，咳、咳！」

兩人從開著的窗戶聽見鈴乃在隔壁開窗咳嗽的聲音。

漆原與蘆屋互望了一眼後起身，一面避開趁放晴時晾在外面的衣物，一面將身體探出窗外觀察隔壁的狀況。

「唔哇，這些煙是怎麼回事？妳到底在幹什麼啊？」

像是為了躲避從房間裡竄出的白煙般，流著眼淚咳嗽的鈴乃將臉探出敞開的窗戶。

「路、路西菲爾……不好意思，咳，我啟動法術時出了點問題……咳、咳！」

「別在房間裡使用一失敗就會爆炸的危險法術啦！」

面對漆原中肯的吐槽──

「沒、沒有啦，雖然我為了找能當放大器的東西，去骨董市場之類的地方到處採購，不過這些道具在法術的概念上，果然還是有些微妙的不同，咳！」

鈴乃含糊地說著藉口，同時不斷地咳嗽。

漆原受不了似的搖頭，蘆屋也從漆原的頭頂上探出臉抱怨：

「貝爾，妳究竟在幹什麼，這樣會給鄰居添麻煩耶。要是洗好的衣服沾上奇怪的味道怎麼辦？」

蘆屋敏感地察覺到從鈴乃房間竄出來的煙，正飄向略位於下風處的魔王城，為了避免好不容易洗好的衣服沾上味道，他連忙將原本掛在窗邊的衣物收進房間。

「呃，真不好意思……呼……」

鈴乃疲累地將身體靠在窗緣上，做了一個深呼吸。

「若能有完善的設備，這個法術應該不難才對……虧我還得意地替千穗小姐進行修行，結果實際上真正欠缺修行的人卻是自己，真沒面子……」

儘管不像千穗那麼誇張，但鈴乃這兩個星期來也同樣變得容易灰心喪志。

「看來沒什麼進展呢。」

「非常遺憾……」

在神祕的煙霧總算散開後，鈴乃深深地嘆了口氣。

「喂，雖然我不知道妳在幹什麼，不過使用廚具之前記得先好好換個氣啊。我可不想看見有火災發生。」

為了移動洗好的衣服而打開另一扇窗戶的蘆屋對著鈴乃說完後，宛如被晾在外面的棉被般攤在窗緣的鈴乃，便無精打采地揮著手回答：

「若在安特．伊蘇拉除了艾美拉達小姐跟艾伯特先生以外，還有其他能信任的人……」

「要是真的有那種人在，妳一開始就不用那麼辛苦地跑來這裡了吧？」

或許是因為鈴乃本人也明白這個道理，所以她並沒有反駁蘆屋毫不留情的指摘。

「沒辦法了，晚點再試試看其他方法吧……我得先收拾一下房間才行。」

雖然不知道鈴乃究竟在隔壁做什麼，不過在經歷焚香、冒煙、爆炸等過程後，想必她的房間現在一定已經是一片慘狀，不再像以前進去時看見的那樣整潔。

「艾美拉達以外的人啊。」

漆原聽見鈴乃的牢騷後，稍微思考了一下。

「喂，貝爾。」

「什麼事？」

明明是自己主動呼叫對方，但漆原還是先煩惱了一會兒後，才下定決心似的遞出一張名片大小的紙片。

即使不知道平常幾乎都窩在魔王城裡的漆原，究竟是從哪裡得到這種東西，不過他一面看著那張似乎是因為保管不周而沾滿灰塵、帶有髒汙摺痕的紙張，一面開口說道：

「雖然真要說的話……應該算是不值得信任……不過除了艾美拉達跟艾伯特以外……還是有其他可能了解狀況的人……」

就在漆原猶豫不決地說明時。

「啊！」

某人在三人探出頭的窗戶前方的馬路上大喊出聲。

「嗯？」

「啊！」

「……誰啊？」

那位從公寓旁邊的馬路抬頭仰望的人物，正又驚又喜地朝這裡輕輕揮手。

不過蘆屋與鈴乃，都眼尖地注意到了隱藏在那道笑容底下的些許不安。

「蘆屋先生、鈴乃，你們好。還有……雖然是初次見面，但你應該就是漆原先生吧？」

「所以說，她是誰啊？」

漆原因為有不認識的女性突然說中自己的名字而提出疑問，但卻遭到另外兩人的忽視。

「鈴木小姐……」

「梨香小姐，為什麼……」

面對從馬路上仰望這邊的鈴木梨香，蘆屋與鈴乃都難掩驚訝。

「請用茶。」

「啊，不好意思……」

梨香恭敬地接下蘆屋端出來的茶。

雖然剛進魔王城時，梨香還興味盎然地四處觀察，不過這房間裡原本就沒多少東西可看。於是她之後便凝視著被爐上方的天花板，安靜等待蘆屋等人入座。

「梨香小姐，感謝您前些日子的幫忙。」

鈴乃在換上新的和服後也來到了魔王城，並重新針對前些日子購買電視時得到建議的事情向梨香道謝。

「不過妳居然找得到這間公寓呢。」

坐在榻榻米上的蘆屋如此說道。

「啊……因為之前買電視時，我有跟鈴乃交換手機號碼跟郵件地址……」

「跟我嗎？」

被指名的鈴乃驚訝地指著自己。

「鈴乃，除了姓名、號碼跟郵件地址以外，妳在手機的個人檔案裡還輸入了很多東西對吧？雖然要視機種而定，但通常用紅外線通訊交換個人資料時，這些資訊都會跟著傳到對方那裡喔。」

「啊，原來如此。」

鈴乃恍然大悟地回答。

印象中之前在跟梨香交換號碼時，鈴乃的確有透過紅外線通訊功能將自己的個人資料傳送給她。

「反正我也沒寫什麼不方便讓人看見的東西，若能幫上梨香小姐的忙，當然是最好了。」

鈴乃開朗地笑道——

「嗯，雖然妳在職業欄好像填了『什麼審議官』的，我有點看不太懂呢。」

但那道笑容在遭到梨香的追擊後，便當場僵住。

「……哈哈……原來我還寫了那種東西啊？」

「嗯。」

儘管梨香看起來並沒有特別起疑，而且也沒打算繼續討論這個話題，但鈴乃一僵硬地轉移視線，便發現漆原正露骨地以眼神嘲笑她的失誤。

「唔~~」

就在鈴乃垂下頭詛咒自己的粗心時，梨香急迫地開口：

「對了，雖然很抱歉沒事先聯絡就突然登門拜訪，不過，我真不曉得該如何是好……」

平常個性開朗的梨香，說到這裡便露出暗淡的表情。

一看見那副表情，蘆屋便大概猜到梨香接下來要說的話了。

「蘆屋先生、鈴乃，你們……有聽說惠美怎麼了嗎？」

蘆屋的預測準確地應驗了。

雖然惠美曾說過有事要回安特．伊蘇拉而請假，但她應該只向公司請了啟程後的那一個星期而已。

單純這樣來看，惠美已經整整兩個星期都無故缺勤了。

「她完全沒回我的電話跟簡訊，雖然我後來下定決心跑去她家，不過還是找不到人，工作方面……也無故缺勤了好一陣子。」

「那遊佐有被開……在職場那邊還好吧？」

由於就連才認識不久的蘆屋，都看得出來梨香目前只是在強打精神，因此他猶豫了一下後，改以較為委婉的方式問道。

「目前是還好……畢竟惠美至今別說是無故缺勤了，就連遲到記錄都沒有，而且上層對她的工作態度和能力都有很高的評價，所以比起生氣，主管跟經理這些上司反而更擔心她的現況。」

「這樣啊……」

「不過，惠美不是一個人住，而且父母都在國外嗎？」

「嗯、嗯……」

不知道惠美對外是怎麼說明個人背景的蘆屋，在被徵求同意時瞬間慌了一下。

「除了同事以外，惠美好像也沒什麼朋友，所以大家都在擔心萬一她生病或遭遇重大事故，會不會沒有人知道……」

「唔……」

蘆屋趁梨香低頭說話時，對鈴乃與漆原使了個眼色。

果然若失聯到這種程度，任誰都會產生不祥的猜測。在確認光靠樂觀的意見無法解決目前的狀況後，蘆屋重新看向梨香。

「所以，說到我認識的惠美的朋友，就只剩下真奧先生跟你們了……雖然我知道突然來訪會給大家添麻煩，但我真的沒辦法就這樣坐視不管……」

儘管蘆屋跟漆原，都並非那種不會看氣氛到在此時訂正「朋友」這部分的惡魔，不過在場也的確沒有人能回應梨香的期待。

「很遺憾……我們知道的都跟鈴木小姐差不多。」

梨香看起來並未特別沮喪。

她應該早就做好某種程度的覺悟了吧。不對，或許該說她原本就沒抱持過度的期待。

「妳知道遊佐請假的理由嗎？」

「嗯，聽說是因為老家那邊的事情……不過她好像不太想說，所以我也不好意思問，就連她要去哪裡都不知道……」

若是另一位同事清水真季，或許就會問惠美故鄉的事情也不一定。

不過對梨香而言，追根究柢地探聽別人故鄉的事情，幾乎稱得上是一種禁忌。

雖然這跟她小時候發生在老家神戶的大災害有關，但即使不考慮這點，只要是有一定年紀的人，「老家有事」這個理由背後通常都包含了某些棘手的問題。

「我們大概也只知道這些而已。雖然有聽說她要回故鄉，不過坦白講……因為我們對地點沒什麼興趣……」

為了避免讓梨香起疑，蘆屋盡可能誠實以對。

「鈴乃也一樣嗎？」

從梨香的語氣，感覺得出來她似乎期待男女會聽說不同的內容——

「對不起……我知道的並沒有比較多……」

不過鈴乃也只能做出跟蘆屋一樣的回答。

即使說出「真相」，梨香也不會相信，反而只會讓她更加混亂。

「……說的也是……真對不起，居然臨時跑來問這種問題……」

「……妳還好吧？」

就算是從旁人的眼裡，也能看出梨香放寬了原本緊繃的意識。

雖然蘆屋擔心梨香會就這樣直接倒下，但幸好她只是稍微放鬆姿勢。

「真是的……惠美，妳到底是怎麼了……」

梨香這句話，可說是道盡了所有與惠美有關者的心聲，現場的每個人都無法繼續接話，室內開始被一股沉重的氣氛支配。

「還是去找警察商量會比較好吧？」

「等等，那就有點……」

漆原忍不住對梨香身為日本人理所當然的意見產生反應。

雖然蘆屋跟鈴乃都知道即使去找警察商量也沒意義，但梨香還是看向反射性地做出反應的漆原說道：

「一般人果然會有這種反應呢。雖說是朋友，但我跟惠美非親非故的，果然還是不太想到警察那裡把事情鬧大……可是，一想到萬一在我沒去報警的這段期間內發生什麼無法挽回的事情……」

幸好梨香誤解漆原的反應，只是出於一般市民嫌牽扯上警察會很麻煩的自然感想，但她看起來還是非常沮喪。

「梨香小姐……」

對梨香的樣子感到不忍心的鈴乃，忍不住將手伸向梨香的肩膀打算安慰她——

「不過……」

然而梨香接下來說出的話，卻一口氣扭轉了現場的氣氛。

「整整一個星期完全沒有聯絡，果然還是很奇怪吧？不對，不只是沒聯絡而已，她甚至根本就沒回家……」

「「「咦？」」」

梨香出人意料的一句話，讓蘆屋、漆原與鈴乃異口同聲地發出驚嘆。

「鈴木小姐？」

「嗯？」

「……妳剛才說什麼？」

蘆屋驚訝地問道。

「剛才……咦？我說她沒回家很奇怪。」

「不不不，再更前面一點！」

漆原開口吐槽。

「她是從什麼時候開始失去聯絡的？」

「咦？所以說，是從一個星期以前……」

梨香困惑地回答。

不過這句話，卻讓另外三人陷入了混亂。

「等等，請等一下，梨香小姐，您、您確定嗎？」

「確、確定什麼？」

「就是艾米莉……惠美小姐最後跟您聯絡的時間，那個……」

「呃，上個星期五晚上……？」

「「「上個星期五晚上？」」」

這次魔王城真的被籠罩在驚訝之中。

上個星期五晚上，距離惠美預定回來的那天正好過了一個星期。

真奧與鈴乃等人是從兩個星期前開始無法掌握惠美的行蹤。

既然如此，為何在那一個星期後會傳來惠美的聯絡呢？

「什、什麼事讓你們這麼驚訝啊？」

「我、我們是在兩個星期前的星期五跟惠美小姐失去聯絡的。不對，因為她只說過那天會回來，所以實際上已經過了三個星期。」

「咦？」

雖然感到慌張，但鈴乃還是代表眾人繼續問道：

「她是用電話聯絡您的嗎？還是用簡訊？」

若是簡訊，就有可能是別人假冒惠美的名義，不過梨香的答案再度超出鈴乃等人的預料。

「是用電話喔。」

「您、您確定對方是惠美小姐嗎？」

「呃，那個，你們等我一下。」

儘管梨香因為同時被鈴乃和兩位男性逼迫而有些退縮，不過還是從帶來的提包裡拿出摺疊式手機，叫出通話記錄的畫面。

「我記得這通的確是惠美打來的電話……」

不過梨香所叫出的畫面，不知為何顯示為「未知來電」。

「妳沒有設定拒接未知來電嗎？」

「她沒有顯示號碼嗎？」

「因為我老家的電話不知為何會自動隱藏號碼，而我爺爺偶爾又會打電話給我。」

「不過既然沒顯示號碼，有沒有可能是別人假借惠美小姐的名義……」

一時無法接受眼前的證據與證言的鈴乃提出懷疑的看法，不過梨香搖頭否定：

「不可能。那是惠美的聲音，而且在我開口之前，她就先自己報上名號了，對話的內容也跟平常的惠美一樣。我好歹也是在手機公司工作，所以會特別警戒詐騙電話。」

漆原小聲地嘟囔著「就是這種人才危險」，但這句話並未傳到梨香耳裡。

「你們說了些什麼？」

「呃，我記得是關於工作排班等無關緊要的話題。啊，對了，我想起來了，你們不是有提到兩個星期前的星期五嗎？那天惠美也有打電話給我喔？」

梨香再次操作手機，將那天的通話記錄遞給蘆屋等人看。

而且那通來電，也同樣沒有顯示號碼。

「惠美這通電話，是想問我當天的隔週，也就是上個星期能不能幫她代班。」

「隔週幫她代班？遊佐不是幾乎每天都會去上班嗎？」

「不，她這個月的班好像比較少。那個星期大概只排了三天左右。」

此時梨香不自覺地看向蘆屋，並在跟疑惑的蘆屋對上眼後，慌張地移開視線。

「那、那個，剛好我也很遺憾地都沒什麼預定行程，原本就想多排點班，偏偏那星期又休了比較多天，所以就答應了這個求之不得的要求。」

蘆屋與鈴乃面面相覷。

單就內容而言，梨香的話並沒有什麼可疑之處。

既然兩人能對話到這種程度，那麼應該不可能是別人假冒的吧，而且電話的內容也完全感覺不到緊急性。

不過，總覺得有些令人在意的部分。

「真的就只有這樣嗎？難道都沒有什麼奇怪的地方？」

「咦？」

梨香雙手抱胸，思索漆原的問題。

「就算你這麼問，惠美平常電話本來就不會講很久，就這件事而言，感覺也沒什麼異常的部分。」

「那兩通電話，都只談到打工排班的事情嗎？」

「咦？嗯，就只有這樣喔。後面那通電話，也只提到謝謝我幫她代班而已。」

雖然梨香看起來並沒有特別起疑，但這對鈴乃等人來說可是個大問題。

惠美究竟是在什麼樣的狀況下、基於何種意圖打「那麼普通的電話」給梨香呢。

在音訊全無的情況下整整失蹤了一個星期，惠美應該知道這樣會讓千穗與鈴乃擔心才對，然而她打給梨香的電話，卻只有就幫忙代班的事情道謝而已。

即使如此，針對惠美失蹤這件事，梨香的話依然是個出乎意料的情報。

在場的所有人都知道不能放過這條線索。

「除了打工的排班以外，妳們還有聊些什麼嗎？例如今天的天氣，或是跟平常不同的招呼方式等等，無論再怎麼瑣碎的事情都沒關係！」

鈴乃拚命地想喚起梨香的記憶。在鈴乃認真的逼問下，梨香也順從地嘗試挖掘記憶，努力回想。

「雖然我經常在電視上聽見類似的話，但沒想到自己有一天也會站在被別人這麼說的立場呢。」

說著說著，梨香一面發出呻吟，一面將手抵在額頭上回答：

「嗯～～若按照順序從一開始那通電話說起，就是我接到了一通本來以為是老家打來的不明來電，之後才發現是惠美。然後，對了，感覺她的語氣好像很急，聲音聽起來也很遙遠，因為我記得惠美的父母都住在國外，所以原本以為她是在介意通話費的事情，畢竟國外並不適用免費通話或定額通信費的服務。」

由於是邊摸索記憶邊回答，因此梨香講起話來斷斷續續。

「感覺她的聲音聽起來輕飄飄的。大概是訊號太遠或太弱吧，所以我原本以為她人是在地下室之類的地方。」

既然對方人在異世界，那當然算遠。不過為了不妨礙梨香回想，三人只是一同看著她的臉，並沉默地點頭。

「啊，對了，她那邊還傳來了某些類似廣播的巨大聲響。而且我想應該是在國外。」

「廣播？」

「嗯，雖然不知道是哪國語言，不過夏季祭典時為了跳舞，不是也會放很大聲的音樂嗎？大概就是那種感覺的聲音。嗯，接著我們就開始討論代班的事情，然後，啊，對了！」

梨香緩緩從提包裡拿出記事本，開始翻了起來。

「啊，找到了。我記得在惠美拜託的那些日期中，有一天的狀況比較麻煩。所以我本來提議真季……啊，真季是我們的一位女同事，因為她那天有空，所以我本來建議惠美找她換班。真要說起來，惠美就只有當時講過一句奇怪的話。」

針對梨香的建議，惠美似乎是這麼回答的。

「她說『我沒辦法打電話給真季』。雖然我記得她們應該有交換過號碼，不過我平常也只跟真季傳簡訊，並沒有實際打過電話，最後那天還是變成由我幫她代班，接著惠美就馬上掛電話了……至於上星期那通電話，惠美只有針對代班的事情向我道謝，對了，當時她背後一樣有種類似廣播的聲音。不過我們那次還是只有聊到工作排班的事情。」

這到底是怎麼回事？

儘管不知道那道廣播聲是什麼，但若惠美是從安特．伊蘇拉的某處與梨香聯絡，為什麼她只打電話給梨香一個人呢？

更何況如果她真的被捲入了什麼麻煩，應該會緊急地通知梨香才對，怎麼還能悠哉地與梨香討論工作排班的事情呢。

不對，追根究柢──

「……為什麼是梨香小姐呢？」

「咦？」

「啊，沒有……」

忍不住嘟囔出聲的鈴乃，慌張地想要蒙混過去。

雖然對梨香很不好意思，不過即使惠美真的遇到了危險，她應該也知道打電話給梨香沒什麼幫助才對。

可以確定的是，目前的確發生了某種出乎預料的狀況，那麼有沒有可能惠美其實並未遭遇危險，只不過因為無法早點回來，所以才被迫請梨香代班呢？

「不，應該不是這樣。」

儘管惠美還有餘裕麻煩別人幫自己代班，但她之所以只聯絡梨香，一定是有什麼相對應的理由。

「啊，不好意思，打擾一下。」

蘆屋打破原本因為出現意外的情報而繃緊的氣氛說道：

「喂，漆原，下雨了，去把窗戶關起來。」

「咦？啊，真的耶。」

「嗯，明明氣象預報是說下午才會下雨。糟糕，我房間的窗戶還開著。」

仔細一看，明明梨香進屋時外面還有陽光照進來，但不知不覺間天空已經布滿薄薄的雲層，開始下起小雨來了。

由於剛剛才為了疏散法術爆炸產生的煙霧打開窗戶，因此鈴乃急忙返回自己的房間關窗。

「啊，蘆屋先生，那些衣服……」

梨香在發現那些適才迴避鈴乃房間煙霧的衣服被雨淋到後，忍不住站起身來。

「糟、糟糕，這真是失禮了……」

蘆屋為至今都還把衣服晾著這件事向梨香道歉。

除了毛巾跟襪子之外，那些衣物裡還包含了鬆垮垮的內褲，在有女性客人來訪時，實在不適合就這樣大喇喇地晾著。

「別在意，我已經不是這點程度就會臉紅的小孩子了。不過……」

梨香笑著對急忙遮掩那些衣物的蘆屋說完後，便不經意地看向窗外，並露出跟天空相同的陰沉表情。

「唔哇，不過你看外面的天空。今天有發布這麼誇張的大雨特報嗎？」

雙手抱著曬衣架的蘆屋，因為梨香的聲音而跟著仰望相同方向的天空。

「看來會是一場大雨呢。不好意思，耽擱了妳不少時間，鈴木小姐有帶傘嗎？」

「我是有帶摺疊傘啦……不過我可以再待一下嗎？我想再確認一下我們針對惠美所知道的事情，還有哪些地方不同，而且看這情況……」

仔細一看，便能發現這場突如其來的豪雨正宛如瀑布一般，從距離Villa・Rosa笹塚不遠的地方朝這裡逼近。

「光靠摺疊傘，好像有點勉強呢。」

在蘆屋點頭之前，遠方的天空就傳來了一道雷鳴，像是以此為信號般，天色也跟著突然急速變暗。

伴隨著一陣慌亂的腳步聲，鈴乃急急忙忙地從隔壁房間衝了回來。

從鈴乃拿在手上的手機背面發出的光源來看，應該是剛才有人打電話給她。

「緊急狀況！」

「怎、怎麼了？」

梨香驚訝地看著氣勢逼人的鈴乃，但鈴乃並沒有回應，只是交互地看向蘆屋與漆原。

「路西菲爾！」

鈴乃在梨香面前如此稱呼漆原，並用沒拿手機的那隻手將某樣物品丟給了他。

「……這、這瓶子不是你們的……」

那是保力美達β的瓶子。

這種能夠補充聖法氣、讓惠美與鈴乃在日本維持超常力量的營養飲料，稱得上是兩人的生命線。

「千穗小姐傳來了求救信號！」

「咦？」

「妳說佐佐木小姐？」

「千穗？呃，是指那個千穗嗎？」

鈴乃以一副刻不容緩的樣子，將手機畫面伸向蘆屋與漆原。

上面顯示著「未知號碼」的文字。

蘆屋與漆原互望了一眼。

這並非單純的求救信號。既然是透過概念收發，就表示是真正的緊急狀況。

「路西菲爾，現在只能靠你了，快點飛過去吧。地點是千穗小姐的學校！」

「佐佐木千穗的學校……是笹幡北高中嗎？」

總而言之，鈴乃打算將漆原當成以防萬一的援軍一起帶過去。

若是平常的漆原，即使是千穗遭遇危險，他應該也會懶得行動才對，但這次漆原卻不知為何一臉嚴肅地坦率站了起來。

而更讓蘆屋感到驚訝的是——

漆原居然接受了鈴乃這個敵人的請求，為了千穗在下雨的時候外出？

「喂、喂，鎌月，妳冷靜一點，到底發生什麼事了？」

蘆屋試著對鈴乃提醒梨香的存在，但鈴乃搖頭回答：

「事不宜遲。如果千穗小姐說的都是真的，那不只是她而已，整個學校跟周圍都有可能遭到波及。對不起，梨香小姐，有什麼事晚點再說吧。」

鈴乃與漆原互望彼此一眼並點點頭後，便宛如電視廣告般將保力美達β一飲而盡。

然後——

※

「喂，這是怎麼回事？」

位於考場教室裡的真奧，在看向窗外後皺起眉頭。

從時鐘來看，現在才剛過十一點左右。雖然氣象預報有提過會下雨，但既沒說會下得這麼大，時間也應該要再更晚一點才對。

「雖然我大概察覺到了……不過氣象預報關於雨的部分真的是不太可靠呢。」

即使向氣象廳或預報員抱怨有關大自然的事情也沒什麼意義，但對全盛時期能操縱天氣到一定程度的魔王而言，實在是希望那些氣象女主播能在年輕與美貌以外的部分多努力一點。

「……像這種時候真的是閒得發慌呢。」

真奧看著拍打窗戶的雨滴嘟囔道。

雖說這次的考試還是一樣難以集中精神，不過根據作答完後的手感，真奧有把握絕對不可能不及格。

按照預定的程序，考試結束後會在考場內的電子顯示屏上公布合格者的准考證號碼，然後在外面的練習場進行術科的講習。

「看這狀況，應該是沒辦法吧？」

外面的天氣，是足以讓人誤認為颱風的強風暴雨。

考慮到真奧考駕照的理由，他其實比較想在這種日子於安全的練習場進行實際演練，不過面對這種大雨，即使是警察也沒辦法進行演習吧。

目前還沒有人廣播宣告考試中止，距離預定發表合格者的時間還有一個小時左右。

雖然不曉得一小時後這場大雨會不會停，不過像這種八月中的午後豪雨，通常只要過一個小時就會轉成小雨，主辦單位應該是有考量到這一點吧。

無論如何，真奧現在還是只能留在考場內發呆，等待時間經過。

周圍的人全是與真奧一樣閒得發慌的考生，他們各自挑了個地方後，便開始玩手機、看書或是聽音樂。

同樣無所事事的真奧，此時正坐在等候區的長椅上。

真奧的手機是功能不多、只要能通話跟發簡訊就足夠的舊世代機種。

即使並非如此，真奧也沒有那種只要閒著沒事就會玩手機的習慣，更不曾為了消磨時間而購買像文庫本那樣的奢侈品。

魔王城裡的書通常不是從圖書館借來的，就是蘆屋在二手書店買的料理書籍。

「雖然過著健康的生活，但文化方面卻只維持在最低限度呢。」

打從來到日本以後，真奧幾乎都在賣力地工作，或許也是時候以更加寬廣的視點，來觀察日本這個國家了。

前陣子的麥丹勞．咖啡師講習跟這次的駕照考試，讓真奧意識到了一件事情。

在日本只要有心，想學什麼都學得到。

當然若想透過學校有體系地鑽研學問，就必須先繳學費才行，不過就像這次的駕照考試報名費一樣，真奧已經知道即使沒錢，只要滿足某些特定的條件，還是能透過一些公共體系獲得援助。

感覺這是一件非常令人愉快的事情。

「……回去時順便繞去書店逛逛好了。反正我有存零用錢。」

真奧每次去上班時，蘆屋都會以「餐費」的名義給他三百圓，只要當天後來沒用到，真奧就一定會當成私房錢存下來。

當然除此之外，蘆屋還是會好好從薪水裡分一筆錢供真奧自由使用，不過真奧想把那筆錢拿來當成防備突發狀況用的保險。

總而言之，只要考上駕照，真奧在日本能做的事情就多了一件。

能夠不依靠大眾運輸工具便擴展自己的行動範圍，稱得上是一項革命性的改變。

當然即使順利拿到駕照，如果沒有自己的機車還是一樣沒轍，不過只要別太挑，真奧認為自己不久之後應該就能買到一臺。

「我的夢想又變得更寬廣了。」

在心裡打著如意算盤的真奧，露出跟外面天氣完全相反的開朗表情，但此時卻有一道陰影蒙上了他的臉龐。

「喲！真奧！」

「…………嗯。」

即使不用抬頭，真奧也知道是佐藤翼。

既然他們也來參加考試，那麼就算在考場的建築物內重逢，也沒什麼好不可思議的。

在天花板日光燈的照耀之下，真奧一抬頭，便看見一位戴著報童帽的少女，以及站在她背後的父親，佐藤廣志。

「……你考得怎麼樣？」

姑且不論身為父親的廣志，雖然真奧不知道翼究竟有沒有參加考試，但還是試著問了一聲，於是站在少女後方的廣志，便發出一聲與他的身材和氣氛相符的沉重嘆息。

「看來，應該是不及格了。」

「喂，那樣不行吧！」

「那些問題……我連一半都看不懂。」

「我說你啊……這樣也太浪費報名費了吧，不考慮暫時休息一段時間嗎？」

聽了廣志悽慘的告白，真奧忍不住提出忠告。

雖然真奧並沒有認真看待個性隨便的翼所說的話，但如果這次真的是廣志第十次考試，就表示他已經繳了十次的報名費。

別說是機車了，若是汽車駕照，那可是一筆不可小覷的金額。

「佐藤先生，你在自己的國家難道沒有駕照嗎？有的話應該可以申請國際駕照吧？」

「沒有。」

「…………這樣啊。」

站在真奧的立場，實在希望對方能在回答前稍微考慮一下該如何延續對話。

「基本上爸爸的故鄉根本就沒有車子！」

「嗯？」

「小翼。」

「啊，抱歉抱歉，歹勢歹勢。」

雖然真奧瞬間疑惑了一下，不過在看見廣志不知基於什麼理由責備翼，以及翼明顯毫無悔意的樣子後，馬上就覺得一切都無所謂了。

「不過啊，我也能理解真奧的意思。畢竟這樣很浪費錢呢。」

「嗯、嗯，當然我不是小看佐藤先生……」

「所以我就說要在旁邊幫你念問題啦！」

真奧因為少女豪邁的發言而苦笑著回答：

「雖然我不知道為什麼妳有辦法讀令尊看不懂的日文文章，不過考試這種東西只能一個人考。如果有別人在旁邊念就算是作弊，最糟的情況可是會被逮捕喔。」

「作弊？是指狡猾的意思嗎？」

「……我反而比較驚訝妳怎麼會講出這種意思。」

「既然如此，事到如今就算不考駕照也無所謂吧？」

雖然這句話講得有點露骨，不過比起因為無謀的挑戰而浪費錢，真奧也覺得還是暫時放棄考試會比較好。

「嗯，雖然有駕照會比較方便，但這樣下去也只是浪費錢。」

「就是啊，爸爸，你別再浪費錢了，還是不用駕照直接開車，唔唔！」

儘管不知道少女認真到什麼程度，不過無論如何，在警察機關內說這種話實在太危險了。

即使跟自己無關，真奧還是連忙摀住若無其事地大放厥詞的翼的嘴巴。

幸好真奧的旁邊是牆壁，而站在另一邊的男性，正用有些漏音的耳機聽音樂聽得入迷。

「唔唔？」

「妳難道不知道這裡好歹算是警察機關嗎？」

「……」

真奧放開摀住翼嘴巴的手，用眼神環視四周後小聲地提醒她。

「總之妳不能幫別人念問題，而且要是再亂說話，或許人家會不准你們考試也不一定。小心一點啦。」

「這樣啊。不過只要不被發現，唔唔唔唔！」

「所以我不是叫妳不准再說這種話了！」

翼不看現場氣氛地大聲連喊危險的字眼，因此真奧只好再度摀住她的嘴巴。

「……小翼，我也這麼覺得喔。」

「你還是多想點辦法處理你女兒的日語吧！」

真奧不悅地責備冷靜吐槽自己女兒的廣志。

「唔唔唔。」

或許是總算理解狀況了，翼用力地揮著手，真奧也跟著放開了她。

雖然真奧因為翼誇張的說話方式跟親暱的態度，而忍不住使出摀住嘴巴的強硬手段，但仔細想想，對初次見面的女性做出這種行為根本就是性騷擾。

幸好千穗跟惠美不在這裡，真奧按照平常的習慣，反射性地想著。

「……」

正當真奧感覺心裡產生了一股難以言喻的煩悶，打算坐回長椅時——

「……喂。」

由於翼抓住了真奧原本用來摀住她嘴巴的手，因此原本打算坐下的真奧也跟著停止動作。

「嘶嘶。」

又來了。為什麼翼要一直聞真奧手上的味道呢？

「……果然，在馬鈴薯味道的後面……嘶嘶。」

「喂，妳到底在聞什麼……」

「我舔。」

「嗚咿？」

這次就連原本在旁邊聽音樂的青年，都跟著皺起眉頭看向真奧。

不過也難怪真奧會忍不住發出奇怪的叫聲。

畢竟有人舔了他的手掌。

「妳、妳、妳到底在幹什麼啊？」

打從來到日本之後，真奧是第一次直接面臨這種徹底違反倫理的狀況，讓他忍不住因為覺得羞恥而變得滿臉通紅。

「妳、妳、妳剛才……」

真奧沒來由地將被聞味道跟舔過的手藏在背後，驚訝地出聲抗議。

「嗯……」

將報童帽戴到遮住眼睛的翼若無其事地歪著頭，稍微思考了一下。

然後像是下定決心似的點頭說道：

「爸爸，看來這個人跟我想的一樣。」

「嗯？」

少女突然將話題丟給廣志，讓後者驚訝地睜大了眼睛。

「爸爸，我可以把帽子摘下來嗎？」

「……別太引人注目喔。」

雖然在負面的意義上，現在三人已經夠醒目了，不過得到廣志允許的翼還是點了一下頭，緩緩將手伸向帽緣——

「…………………！」

少女摘下帽子後露出來的臉，讓真奧驚訝得屏住呼吸。

不對，不只是臉。

無論是原本被收進報童帽內的頭髮，還是以慵懶眼神注視著真奧的眼眸，全都讓他感到訝異不已。

不過少女難得有一副端正的臉孔，配上那與其說是懶洋洋、不如說是什麼都沒想的表情，實在是有點浪費。

她的年紀應該比千穗還要小一點吧。

不過問題並非出在這裡。

翼眼睛的顏色，是紫色。

只有臉頰兩側較長、其餘往後切齊的頭髮，也在微弱的日光燈下反射出顯眼的明亮銀色。

更重要的是——

「……妳、妳那個頭髮，該不會是……」

「嗯。」

翼用手指擺弄著臉頰旁邊的頭髮。

只有那撮讓真奧看得目不轉睛的前髮，是紫色的。

聽見真奧呻吟般的聲音，翼以看起來果然還是什麼都沒想的笑容點頭說道：

「我聞到味道時，就覺得應該沒錯了。」

「味道……」

真奧想起翼之前曾經反覆聞了他的手好幾次。

「雖然我不知道你是誰，但我的鼻子是不會出錯的。」

翼得意地用手指搓著鼻子底下，露出微笑。

然後少女接下來說出的話，又再度加深了真奧的混亂。

「真奧，你認識我的姊姊，阿拉斯·拉瑪斯對吧？」

「……………………………………………………嗯？」

雖然這個出乎意料的狀況確實讓真奧大為動搖，不過在這段話裡面，似乎有個部分聽起來特別奇怪。

「姊姊？」

「嗯。」

「意思是？」

「我的姊姊，阿拉斯·拉瑪斯。」

「……嗯嗯？」

真奧覺得自己應該對眼前的兩人說些什麼。

而且是絕對要說。

例如那個髮色到底是怎麼回事；你們兩人真的是父女嗎；基本上你們別說是日本了，根本就不是地球人吧；從那副外表跟妳知道阿拉斯．拉瑪斯的名字來看，妳應該也是從「質點」誕生出來的吧；你們究竟跟我身邊的誰有關；總而言之，真奧應該要徹底盤問兩人在日本究竟是如何生活，並問出他們的姓名、住址、電話號碼跟身分證的完整號碼才對。

不過就算將這些該確認的事情全都拋到腦後，真奧還是有一個非問不可的問題。

「妳說的姊姊……是一般那種意思嗎？」

「嗯，如果真奧說的阿拉斯．拉瑪斯跟我認識的阿拉斯．拉瑪斯是同一個人，那麼那個阿拉斯．拉瑪斯就是我的姊姊。」

要是隨便都能找到叫阿拉斯．拉瑪斯這種複雜名字的人，那還得了啊。

關於翼知道阿拉斯．拉瑪斯的名字這件事，真奧已經不想吐槽了——而且也沒有必要。

不過，他果然還是無法理解。

「妳之所以叫她姊姊，是因為她對妳而言，是相當於『姊姊』般值得敬重的存在嗎？」

「相當於姊姊般的川菜……是什麼意思？」

「……喂。」

此時廣志——不對，事到如今就連這是不是他的本名都非常可疑——暫定為廣志的男子冷靜地以他厚實的手掌，重重地拍了一下真奧的肩膀說道：

「大概……就跟你想像的一樣。」

「拜託你具體說明一下到底是肯定我說的哪個部分！」

雖然口頭上是在問翼所說的「姊姊」到底是什麼意思，不過在真奧內心，可是充滿了針對圍繞著地球與安特．伊蘇拉創生神話的謎團，所產生的眾多疑問。

「……姊姊？」

「跟你們說話真的會很累耶！」

真奧難得產生一股想使用暴力的衝動。

「好，我換個問法！這位爸爸你先稍微安靜一下。喂，翼！」

「嗯？」

真奧為了解決一開始產生的疑問而開口問道：

「……妳是阿拉斯．拉瑪斯的『妹妹』嗎？」

「喔！」

少女明快地肯定。

「……為什麼？」

翼外表的特徵、銀色的頭髮，以及只有一撮紫色的前髮，都跟阿拉斯．拉瑪斯和伊洛恩這些從「質點」誕生者所具備的特徵一樣。

雖然那也可能只是一種打扮，不過既然翼等人主動說出「阿拉斯．拉瑪斯」這個名詞，應該可以直接忽略這個可能性。

不過……

「討厭，別因為人家長得漂亮，就一直盯著人家看啦！」

真奧將翼從頭到腳地打量了一番，但翼卻不知為何高興地拍打著他的肩膀。

「……好想揍人。」

雖然真奧腦中浮現出「男女平等」這句在各種意義上都被濫用的話，但姑且還是先壓下了怒意。

翼的外表跟剛才給人的印象一樣，比千穗稍微年輕、或是說年幼一些。

不過換個說法，至少她的身材還是給人一種接近國高中生的印象。

然而被她稱為「姊姊」的阿拉斯．拉瑪斯，不用說怎麼看都還只是個小孩子。

當然不只是阿拉斯．拉瑪斯，翼恐怕也同樣並非普通的人類，因此自然不能以人類的觀點來推斷她們的成長。

或許是基於某個真奧無法得知的理由，讓兩人的成長速度出現了明顯的差異，不過即使如此，這也未免差得太多了。

目前唯一確定的是，佐藤父女都是與安特．伊蘇拉有關的人。

真奧先環視了一下周圍的狀況，然後偷偷地對廣志耳語道：

「你們該不會是安特．伊蘇拉的人吧？」

「！」

廣志一聽，不知為何驚訝地睜大眼睛。

「……你怎麼知道？你到底是……？」

「都把這麼危險的傢伙帶在身邊了，你居然還沒聽懂我們剛才在說什麼！」

相較於看起來真的非常驚訝的廣志，已經懶得吐槽的真奧只默默地從好不容易占到的長椅起身，招手示意兩人跟上來。

儘管就算被周圍的人聽見也不會怎麼樣，不過要是被誤認為怪人也滿令人困擾的（雖然或許已經太遲了），真奧走到因為今天報名已經截止、所以拉下了鐵捲門的考試報名窗口前面。

即使來往這裡的人很多，但相對地只要一有人停下來聽三人說話，真奧等人也馬上就能發現。

正面玄關的另一側，是還有人在服務、專辦更新駕照業務的窗口。

「好了，首先我想請教一下你們真正的名字。」

「「……」」

翼與廣志輕輕互望了一眼。

大概是在揣測真奧的真實身分吧。

「（雖然現在才確認這種事情也有點奇怪……）」

廣志突然轉換語氣。

不對，是轉換了使用的語言。

「（不過難保你並非我們的敵人。知道我們是從安特．伊蘇拉這個連世界都不一樣的地方來的你，究竟又是什麼人？）」

廣志一反原本給人的憨厚印象，眼神和語氣瞬間變得充滿力道。

雖然從廣志身上感覺不到類似聖法氣的特殊力量，不過從眼神和語氣中蘊含的力量，便能看出他並非普通的中年男子。

「（……德韋斯語，是西大陸東部使用的語言呢。）」

真奧也配合對方更換使用的語言。

除了未能成功征服的西大陸西部所使用的神聖韋斯語以外，若單純只是對話，即使不靠魔力，真奧也能使用安特．伊蘇拉全土的語言。

「（不好意思，現在是我這邊在發問。因為到目前為止，我自認掌握了所有從安特·伊蘇拉來到這裡的相關人士。所以我很好奇你們究竟是哪一方的人，就某種意義而言，你們算是首次出現的線索。）」

「（線索？）」

真奧點頭，將視線移向翼。

「（雖然剛才因為太過驚訝而忘了確認，不過我先問一下。妳是從『基礎』碎片誕生出來的嗎？）」

跟「姊姊」什麼的相比，感覺這才是最應該先確認的事情。

相較於因為來自安特·伊蘇拉的意外線索突然現身，而難以平復情緒的真奧，翼則是一派輕鬆地回答：

「對啊。」

而且還完全無視氣氛地使用日語。

「爸爸，可以乾脆全部說出來嗎？」

「（……）」

廣志因為還在警戒真奧而保持沉默，但不曉得是將這個反應視為肯定，還是原本就不需要徵得廣志的同意，翼直接繼續說道：

「放心啦，爸爸。真奧不是『天使』。這點小事，我也看得出來。」

翼輕撫廣志的手臂讓他放心，並用紫色的大眼睛筆直地望向真奧：

「我的名字叫艾契斯．阿拉，『翼』只是我的假名。」

艾契斯．阿拉。

像是為了讓氧氣循環到全身般，真奧做了一個深呼吸，將這個名字刻在腦中。

「（阿拉……所以才叫『翼』嗎？）」

「嗯！翼這個名字，念起來很好聽對吧！」

真奧僅以點頭回應。

「（……換句話說，你跟艾契斯並非有血緣關係的父女。而佐藤也當然是假名吧？）」

既然都說到這裡了，那佐藤廣志當然不可能是本名。

就像真奧貞夫其實是魔王撒旦一樣，這位男子應該也另外有一個真正的名字。

「（佐藤這個姓……是從我剛到日本不久時所認識的一個男人那裡借來的。）」

「（那個人是普通的日本人吧。你應該沒洩漏自己的真正身分……）」

暫定廣志搖頭否定。

「（不過，他是一個既開朗又堅強，而且對我這個完全不了解日本的人也非常溫柔的男人。無論失敗幾次，那個男人都會重拾夢想，而且他什麼工作都接，每天都過得十分快樂。）」

真奧沒問廣志在日本是否過得很辛苦。

因為他還沒愚笨到不曉得直接的原因是出在自己身上。

「（從你們在天文臺前上車來看，該不會一直都住在三鷹吧？）」

「（不，我們一開始是住在新宿附近，之所以搬來三鷹，是應小翼……艾契斯的希望，並透過佐藤的介紹。）」

真奧不自覺地發出呻吟。

這樣就算他們彼此曾經擦身而過，也沒什麼不可思議。

不對，或許就連真奧和惠美在日本引發的數起事件，這兩人也都有一定程度的了解。

「（……喂，雖然我不知道你的本名，但或許知道你認識的人的名字也不一定。）」

「真是繞圈子呢。」

翼，不對，艾契斯．阿拉依然不改她那徹底悠哉的自然態度。

此時，真奧突然從艾契斯．阿拉身上感到一股不協調感。

「（難不成，妳不會說德韋斯語嗎？）」

「嗯，不過我聽得懂喔。用這裡，像這樣。」

艾契斯交互指向自己的太陽穴跟真奧的額頭。

「（概念收發啊。所以，反倒是你不會使用嗎？）」

「（很遺憾，我完全沒有法術方面的知識或才能。所以過得非常辛苦呢。）」

原來那個既僵硬又不看氣氛的日語是這樣來的啊。

「（那麼，關於那個你可能知道的我認識的人是指……）」

「嗯……」

真奧輕輕點頭，重新以銳利的眼神看向廣志。

「（不過，在聽了這個名字之後，你就要盡可能地協助我。相對地，我也會盡我所能地協助你跟艾契斯。可別突然從我面前逃跑喔。）」

廣志有些不悅地皺起眉頭回答：

「（我也不是小孩子了。從在日本用德韋斯語說話時起，我就已經做好了這種程度的覺悟。既然話都說到這個地步，你可別說你是我的敵人喔。雖然我完全不懂法術，但並不代表對自己的力量沒有自信。）」

此時廣志不知為何瞄了艾契斯一眼，雖然真奧並未漏看這點，但還是刻意不提出來。

「（這可是你說的喔。晚點可別嚇得腿軟了。）」

真奧不懷好意地笑了一下，然後下定決心開口：

「（我跟我的同伴們，正在尋找艾米莉亞．尤斯提納。艾米莉亞直到最近都還待在日本，不過幾個星期前回去安特．伊蘇拉後，就失去了聯絡。你知道什麼……）」

「艾米莉亞？」

廣志的反應十分激烈。

廣志原本還以銳利的眼神警戒著真奧，但如今那道緊繃的氣氛瞬間就消散了。

艾米莉亞。

在聽見這個名字的瞬間，他的表情真的就像氣血衝腦般的立刻產生變化。

廣志用他那雙強而有力的大手抓住真奧的肩膀，吐著彷彿隨時都會呼吸過度的紊亂氣息將臉湊向真奧。

「（你、你認識艾米莉亞嗎？你、你知道艾米莉亞在哪裡嗎？她、她怎麼會在日本？）」

現場響起了一陣粗魯的聲音。

雖然經過的人都驚訝地停下腳步看向這裡，但廣志根本就沒有餘裕注意這些事情。

「（冷靜點，別那麼大聲啦！這樣太引人注目了！）」

「（你、你要我怎麼冷靜！在哪裡！艾米莉亞到底在哪裡！）」

「所以我不是叫你冷靜一點嗎！」

真奧急忙恢復使用日語，強硬地甩開廣志的手。

「（喂！）」

「（……你聽好了。艾米莉亞之前的確是待在日本。不過她前幾個星期因為有事，所以回了一趟安特．伊蘇拉。）」

「（你……你說什麼？）」

「（不過，距離她之前說好要返回日本的日子，已經過了兩個星期。我們也因為一些狀況，無法去安特．伊蘇拉找她。所以對我們而言，你們簡直就是從天而降的線索。）」

「（……）」

「說從天而降也太失禮了吧！」

廣志無視艾契斯，忍不住無力地靠上鐵捲門已經關上的櫃檯，看起來彷彿隨時都會倒下。

「喂，別再增加我的麻煩了。」

要是再讓廣志放任感情亂來下去，被職員盯上就麻煩了，因此真奧連忙撐住他的手臂。

「（艾米莉亞……艾米莉亞她……）」

「……你果然是跟惠美有關的人啊……唉，我就知道應該會是這樣。」

既然艾契斯是跟阿拉斯．拉瑪斯同質的存在，那這當中必定有「基礎」碎片的介入，不可能與惠美的聖劍之核無關。

不過另一方面，廣志的反應實在不像是知道真奧與惠美這一年來的動向。

就這部分而言，艾契斯應該也一樣。

於是真奧在全力回想這幾個月來發生在自己和惠美，亦即魔王與勇者身邊的種種狀況與情報後，終於作出了一個結論。

「你該不會是惠美……艾米莉亞的……」

「（……艾米莉亞……艾米莉亞，是我重要的女兒……）」

「（……這樣啊。）」

「爸爸真正的名字，叫做諾爾德。諾爾德．尤斯……尤斯什麼來著？」

真奧從旁邊的艾契斯插話的內容裡，挑出必要的情報。

惠美的父親，諾爾德．尤斯提納。

以及「基礎」質點之子，艾契斯．阿拉。

這根本就是從天上掉下來的幸運。

絕對不能放開這兩個人。

就在真奧心裡如是想著時——

「嗯？」

他口袋裡的手機響了起來。

雖然真奧想不到有誰會在這時候打電話給自己，不過大概是在意考試結果的蘆屋，用漆原的電腦打電話過來吧。

現在比起這種事，還是眼前的這兩人比較重要，就在真奧打算無視電話，重新盤問面前的這位男子時——

『快點接啦，笨蛋魔王！』

「喔哇！」

「呀啊？」

彷彿被人用巨槌毆打般，真奧腦中響起一道怒吼。

儘管視野瞬間模糊了一下，但真奧還是勉強在那之前從口袋裡拿出手機。

上面顯示著「未知來電」的文字。

明明還沒接電話，真奧腦中又再度傳來怒吼。

『魔王！我知道你聽得見！快點回答啦！』

「什、什麼，鈴乃？妳幹什麼突然這樣？」

這毫無疑問地是鈴乃的聲音。而且還是透過電話進行的概念收發。

『誰叫你不接電話！發生緊急狀況了！快點回來笹塚！』

「啊？妳在說什麼……」

真奧不自覺地交互望向眼前的兩人。

廣志，亦即諾爾德正眼神渙散、意志消沉地站著，至於艾契斯則是不知為何睜大了眼睛，一臉驚訝地看向真奧。

「我這邊正在忙。而且也還沒拿到駕照，就算妳叫我現在馬上回去……」

雖然沒有必要，但真奧還是為了避免讓人起疑，將未顯示來電的電話抵在耳邊進行抗議。

不過鈴乃完全不予理會。

因為她有相應的理由。

『千穗小姐傳來了求救信號！』

「妳說什麼？」

『魔王，你那邊有下雨嗎？』

「嗯、嗯，而且還下得跟颱風一樣誇張……」

『這場雨的中心，就在笹塚！東京突然出現颱風等級的低氣壓，並到處散布暴風雨！這個異常狀況的中心，就在笹塚……也就是千穗小姐的學校！』

「這……這是怎麼回事？」

真奧完全聽不懂鈴乃亂七八糟的說明。

不過，鈴乃根本就沒有理由說這種謊。

像是為了證明鈴乃的話般，考場內突然響起一陣廣播。

『呃～感謝各位今日利用本考場，機車駕照學科考試的結果即將發表，不過由於天候的影

響，術科講習的開始時間將延後進行。詳情請向考試窗口的人員確認……另外，重新申請駕照的訪客……』

「颱風……怎麼可能？」

『雖然不知道對方是天使、惡魔還是人類，但有人利用今天原本就不穩的天氣展開了大規模的術式！你快點回來啦！光靠我跟路西菲爾，實在不曉得能撐多久！地點可是在千穗小姐的學校喔！』

說完後，鈴乃便單方面地切斷了概念收發。

「到、到底發生什麼事了？而、而且就算叫我現在回去，我、我到底該拿這些傢伙怎麼辦啊！」

真奧抱著頭煩惱不已。

跟千穗的危險相比，考試結果根本就無關緊要。

不過即使現在衝出考場，也得靠搭公車跟電車才能回到笹塚，少說要花上一個小時。

就算改搭計程車，也難以想像司機會願意在這種大雨中開快車。

除此之外，真奧好不容易遇見兩位掌握線索的人，當然不能就這樣將他們留在這裡。

早知道當初將魔力還給法爾法雷洛時，應該要留一點下來備用的！不過事情都已經過了將近一個月，現在才來小家子氣地後悔也無濟於事。

畢竟當時真奧萬萬沒想到之後居然會失去惠美這個最大的戰力。

「……看來只能搭計程車了！」

除了將這兩人一起帶回笹塚以外，已經別無他法了。雖然車錢實在是筆要命的支出，不過靠信用卡應該勉強能撐得過去才對。

「喂，真奧。」

「啊？」

「你該不會有什麼急事吧？」

艾契斯戰戰兢兢地問道。

「雖然情況緊急，但我現在就是因為不曉得該怎麼辦，所以才很困擾啊！」

「剛才那個女生的聲音，是概念收發吧？」

真奧驚訝地睜大了眼睛。

「妳有聽見剛才那些話嗎？」

「嗯，大致上啦。」

雖然不曉得艾契斯究竟聽見了多少，但這麼說來，在鈴乃一開始怒吼時，她也跟著嚇得跳了起來。

「怎麼了嗎？要是真奧現在不見了，那我們也會有點困擾呢。」

「關於這點，我這邊也一樣啊！可以的話，我希望你們現在能立刻跟我回笹塚一趟！」

「笹塚？」

「就是我住的地方！啊，可惡！如果能用飛的，就能用最短的距離回去了！」

由於真奧並不知道實際的直線距離有多長，因此也只是隨口說說而已，不過實際上若他能恢復成魔王全力飛回去，應該不用多久就能抵達笹塚吧，儘管本人因為一時慌張而忘記，但魔王撒旦可是連「開門術」都會使用呢。

「只要能讓三個人飛起來就行了嗎？」

「就是因為辦不到所以才麻煩啊！」

「三個人是指我、真奧跟爸爸對吧？」

「沒錯！啊～現在不是說這些話的時候了，得快點去攔計程車才行……喂，你別一直沮喪地站在那裡啦！看來我們這次都得先放棄駕照了！」

正當真奧試著拉起至今依然失魂落魄的諾爾德時——

「我知道了。真奧，告訴我方向吧。」

艾契斯若無其事地說完後——

「嘿！」

她的身體便突然在考場內浮了起來。

「咦，喂喂喂喂喂？」

雖然真奧連忙阻止，但在那之前——

「真奧，爸爸，來吧！」

艾契斯光是看向兩人，居然便能使出與惡魔形態的蘆屋相同的念動力讓人浮在空中。

「艾、艾契斯！這樣很引人注目！超引人注目的！」

三人在駕照考場內浮了起來。

不只是浮在空中，也浮現在眾人的眼前。

無視周圍的騷動，艾契斯佯作不知地用念動力拉著浮在空中的真奧和諾爾德衝向外面的傾盆大雨中，急速往被厚重雨雲支配的天空上升。

「喔哇啊啊啊啊啊啊啊啊啊？」

誇張的速度讓真奧忍不住發出慘叫，但艾契斯絲毫不放在心上。

儘管艾契斯很明顯是利用某種念動力抬起真奧和諾爾德，不過看起來她並未張開結界等防範措施，於是真奧跟諾爾德馬上就被雨滴打得全身溼透。

「真奧，要往哪邊？」

「哪邊？呃，我現在還搞不清楚方向……」

「剛才那位姊姊，說有人使用了天候的術式！那一定就是那邊！」

「喂喂喂喂喂喂喂喂喂喂喂喂！」

在真奧掌握周邊位置之前，艾契斯連真奧和諾爾德的姿勢都沒調整，便開始筆直地朝東方的天空飛去。

「你很急對吧！我要飛囉！」

「等、等一下！至少先讓我把身體撐起來……唔啊啊啊啊啊啊啊啊啊！」

「要出發囉——————————！」

「…………………………」

拖著真奧的慘叫和諾爾德不成聲的呻吟，三人就這樣從府中駕照考場筆直地往東方的天空飛去。

魔王，姍姍來遲

蘆屋陷入了絕境。

鈴木梨香維持著端正坐姿、隔著被爐往這裡瞪過來的視線，就像聖劍的尖端一樣銳利。

不對，雖然實際上蘆屋並沒有與惠美的「進化聖劍．單翼」直接交鋒過，但或許能靠力量揮開的聖劍，面對起來還比較輕鬆也不一定。

「蘆屋先生，為什麼你從剛才開始就一直不說話呢？」

「呃……那個……」

明明沒被人命令卻跟著一起正襟危坐、講起話來吞吞吐吐的蘆屋，看起來實在不符合他智將的別號。

魔王城內目前只剩下蘆屋與梨香。整間室內只有面對後院的窗戶邊緣與榻榻米稍微被雨打溼，梨香的視線反覆在那扇窗戶與蘆屋身上游移。

另外被爐上面，放了兩個空的茶色小瓶子。

「我的意思是請你說明清楚。」

「嗯，那個，雖然我很清楚妳想說什麼……」

「我之前就經常覺得事有蹊蹺了，不過我們的交情還沒有親、親暱到能直接問你這種事的程度。」

梨香不知為何中途稍微結巴了一下，但馬上又換回原本銳利的語氣。

「要是之前買電視時，我有趁機仔細問清楚就好了。」

「嗯、嗯。」

明明外面正在下雨，氣溫的狀況也還好，但蘆屋知道自己背上已經充滿了汗水。

「坦白講，我果然還是無法理解這個狀況。」

「我、我想也是……」

蘆屋露出比洗好的衣物還要乾燥的笑容，不過梨香依然緊追不捨地問道：

「那麼，我再問一次。」

「是、是的。」

「鈴乃跟漆原先生到底去哪裡了！」

這已經不是疑問句，而是逼問了。

「而且他們居然在這種大雨中！」

梨香指向窗戶。

「直接從窗戶跳出去了！」

「嗚嗚……」

蘆屋擺出一副極為困擾的樣子。

因為發現下雨而跑去自己房間關窗戶的鈴乃，就在回到魔王城的同時，收到了千穗打來的電話。

雖然千穗一開始應該是先向真奧求救，不過對才剛學會如何使用概念收發的她而言，笹塚到調布想必是一段困難的距離吧。

不過無論究竟發生了什麼事，也不用偏偏挑這個時機啊。

這是剛學會概念收發的千穗，首次在這一個月間發出求救信號。

打從惠美失蹤以來的這兩個星期，一行人某種程度上都做好了可能發生緊急事態的覺悟，而且也知道這次的狀況應該是刻不容緩。

然而鈴乃與漆原在將營養飲料一飲而盡後，便毫不猶豫地將瓶子扔到魔王城的榻榻米上。

「要走囉，好好跟緊我。」

「我知道啦。」

也不曉得兩人究竟在想什麼，居然當著梨香的面直接打開窗戶。

「等、等等，你們兩個！先暫時冷靜一下……」

「喂，你們在幹什麼！這樣很危險……？」

蘆屋與梨香基於完全不同的理由，試圖阻止兩人的暴行。

然而鈴乃與漆原不顧外面足以用暴風雨來形容的惡劣天候，毫不猶豫地就當著梨香的面跳出了二樓的窗戶。

「咦？」

而且兩人不但沒從窗戶掉進後院，還直接水平地飛了出去，並且在對面馬路上的民宅屋頂降落。

「咦？咦？咦？」

梨香驚訝得目瞪口呆。

蘆屋則是在她後面抱著頭懊惱不已。

大概是在對面人家的屋頂上確認方向吧。

鈴乃指示了某個方向後，兩人便以遠遠超出普通人的跳躍力在各個屋頂間移動，然後消失在雨中。

「唔唔？」

「唔！」

梨香在那之後回頭露出的表情，遠遠超出了蘆屋的想像。

雖然對方是人類，但蘆屋對總是關照自己的梨香依然抱持著僅次於千穗的好感，因此梨香當時那充滿驚訝、疑惑，以及尋求解釋的眼神，差點對蘆屋造成了心靈創傷。

於是，在鈴乃等人跳出去十五分鐘後，蘆屋便陷入了與梨香相視而坐的困境。

「……唔。」

「嗯？」

梨香眼神內的怒意逐漸加深，看來應該是不會認可蘆屋行使緘默權或找律師的權利。

事到如今，蘆屋也知道不可能什麼說明都沒做就打發梨香。

不過蘆屋並非單純保持沉默而已，坦白講，他實在不曉得該對梨香坦白到什麼程度。

基本上梨香並不屬於魔王城勢力，而是惠美的友人，而從惠美至今與梨香交往的情況來看，前者很明顯並未表露自己的真實身分。

既然如此，若蘆屋自作主張地講出惠美的事，誰知道惠美回來後又會發生什麼樣的麻煩。

話雖如此，蘆屋完全沒有保留足以操作梨香記憶的魔力，也無法像漆原那樣，從來路不明的地方補充不曉得是魔力還是聖法氣的奇妙力量。

明明原本只是在交換關於惠美行蹤的情報，為什麼事情會變成這樣呢？

「難道自己真的這麼無能嗎？」——蘆屋開始想在心裡的角落如此哭訴。

「其、其實……」

「嗯？」

「鎌、鎌月跟我們家的漆原……」

「嗯？」

「都在替這個營養飲料，那個，做試驗。」

「所以？」

「關於，那個飲料的效果……」

「哪有可能一喝就這麼精力充沛啊！」

梨香用拳頭槌了一下被爐，讓上面的空瓶子輕輕搖晃，而蘆屋也跟著嚇得縮起身子。

「連固力果的PISUKO都不會講得那麼誇張！」

梨香說著莫名奇妙的例子，起身衝向窗戶。

「從這裡到對面的屋頂，少說也有十公尺以上！怎麼可能有人能不助跑就直接跳到那裡啊！辦得到的話，早就去參加奧林匹克了啦！」

「妳、妳說的沒錯……」

「……我說啊，蘆屋先生，我的意思並不是指漆原先生或鈴乃是外星人或超能力者喔。」

儘管覺得在概念上差不多，但心想就算解釋也沒用的蘆屋決定保持沉默。

「不過就連好萊塢吊鋼絲的場景，都還要再揮舞一下手腳才能跳到那裡吧！光靠身體能力就直接辦到也太奇怪了吧！這是怎麼回事，漆原先生跟鈴乃到底是什麼人？」

蘆屋在這一瞬間，看見了些微的希望。

梨香只提到鈴乃跟漆原超人般的身體能力。即使這麼做只能拖延時間，但或許自己只要裝做什麼都不知道，把責任全推到那兩人身上就行了？

雖然蘆屋本來打算依靠這項樂觀的想法——

「而且蘆屋先生的反應與其說是驚訝，更像是想制止他們吧？這表示你並非第一次看見他們做出那種事情！」

但沒想到日本女性不但視野寬廣，觀察力也如此敏銳！

蘆屋無視目前的狀況，打從心底感到佩服。

於是蘆屋又再度陷入了困境。

「……就算我據實以告，鈴木小姐也不一定會相信……」

蘆屋放棄似的嘆了口氣。

關於自己的身分，蘆屋本來就沒有特別積極地加以偽裝，更不用說這次的狀況，明顯是出於鈴乃的失策。

即使蘆屋在梨香的逼問之下坦白一切，照理說也沒有人能責怪他。

雖然實際上他應該會被猛烈的責備，但姑且先將這殘酷的事實放在一邊——

「……我才沒愚蠢到會不相信自己親眼看見的事情。」

或許是察覺到蘆屋放棄的心情，梨香也收斂態度，重新將手放在桌上說道：

「而且……我也已經做好了一定程度的覺悟。」

「覺悟？」

「嗯。關於你之前說的那些有關真奧先生開公司的事情，雖然不是謊言，但也並非全都是真話吧？」

「……為什麼妳會這麼認為呢？」

蘆屋深感意外地瞇起眼睛問道，梨香也有些困惑地回答：

「這個嘛，我是在之前一起去買電視後，幫你選手機時起疑心的。因為蘆屋先生當時不是有說鈴乃是『本來應該要彼此交惡的對手』嗎？」

「嗯，這麼說來，我好像的確說過那樣的話……」

「不過當初在肯特基二樓聊鈴乃的事情時，你跟她講話的態度不是很體貼嗎？跟原本就感情不好的惠美不同，你有好好地將鈴乃當成一位鄰居對待。換句話說，在她搬來之前，你們彼此之間應該不認識才對吧？」

「！」

「既然如此，又怎麼會是『應該要彼此交惡的對手』呢？如果是嚴重的鄰居吵架，那你們應該不可能一起出來買東西才對，雖然不是很清楚，但我想不是鈴乃跟你們以前曾在彼此都沒發現的情況下見過面，就是你們以前單純只知道對方的存在而已。就這部分而言，惠美應該也是一樣。」

「妳是說遊佐嗎？」

「嗯，因為跟鈴乃第一次來我們工作的地方時相比，惠美現在對待鈴乃的方式完全不一樣。明明惠美以前還警戒鈴乃到讓我誤會她們在搶真奧先生的程度，但現在她們的感情已經好到甚至讓我覺得有點嫉妒呢。」

蘆屋這次除了發自內心感到佩服之外，同時也對我方這些人的大意感到驚訝。

雖然蘆屋不知道惠美是在何時發現鈴乃的真實身分，但至少蘆屋初次在肯特基二樓見到梨香時，他還只把鈴乃當成是贈送烏龍麵的普通鄰居。

儘管蘆屋當時對鈴乃的體貼態度並非全是謊言，不過即使是在鈴乃的真面目曝光之後，兩人在梨香面前也應該要扮演相同的關係才對。

梨香並非那種會遲鈍到沒發現這股不協調感的女性。

「話雖如此，我當初只隱約覺得背後應該是有什麼深刻的隱情，真正開始確信你們隱藏了某些不可告人的祕密，還是在去那間電器賣場的時候吧。而且，或許鈴乃跟惠美……也一樣是如此。漆原先生因為是今天第一次見面，還說不準，不過既然都看見那樣的場景了──」

梨香所說的場景，當然是指剛才進行的長距離跳躍。

「所以說，剛才那些到底是怎麼回事？」

「……」

蘆屋下定了決心。

他早就有覺悟遲早會發生這種事情。

若梨香因此害怕得再也不敢靠近他們，那也只能說是命中註定。

即使認識的時間不長，蘆屋也知道以梨香的為人，不可能做出將他們出賣給媒體的蠢事。

「鈴木小姐。」

「……！」

「其實……我們並不是……」

「咿？」

「這個日本的，嗯？」

蘆屋好不容易下定決心表露自己的身分，但梨香卻突然發出細微的慘叫聲。

梨香顫抖地指向蘆屋背後，亦即漆原和鈴乃剛才跳出去的窗戶。

「？」

順著梨香的指示回頭一看後——

「唔哇！」

蘆屋也跟著發出慘叫。他沒辦法不這麼做。

畢竟——

「蘆屋……窗戶，把窗戶打開。」

因為全身溼透而看不清楚表情的真奧，正在外面敲打著窗戶。

真奧現在的樣子，只能以令人同情來形容，不過原本應該待在府中駕照考場的他，為什麼會突然渾身濕淋淋地貼在窗戶上呢？

在從一開始的驚訝回神後，總之蘆屋還是先慌張地衝過去打開窗戶。

雖然蘆屋發現外面的人確實是真奧沒錯，但隨著強風和雨滴一起飛來這裡的，並不只有真奧一個人。

「魔、魔王大人？您、您怎麼會在這裡？這、這些人又是誰？」

「囉……囉嗦……啊～我晚點再說明，總之我先把這傢伙留在這裡。」

說完後，真奧不但沒有進房——

「唔……」

反倒還將一位魁梧的中年男性踢進了屋內。

跟真奧一樣被淋成落湯雞的男性搖搖頭，從榻榻米上起身。

「……誰啊？」

「他、他是誰？」

別說是梨香了，就連蘆屋也沒見過這位男性。

「喔，鈴、鈴木梨香，妳來啦。啊，嗯，我現在很急，有事晚點再說……蘆屋，拿幾件衣服給這位大叔換。雖然他本人自稱有戰鬥經驗，不過目前無論如何都不能讓這位大叔離開。」

「魔、魔王大人，我完全不知道您在說什麼……」

「啊，抱歉，晚點再說吧。再拖下去，我會被鈴乃罵。小千好像有危險……哈、哈啾！」

「哇！咦，距、距離佐佐木小姐的聯絡還不到十五分鐘，您居然就已經回到這裡……」

真奧不可能一開始就察覺到異狀，而且按照蘆屋的計算，他應該不可能在這麼短的時間內就從府中回到這裡——

「真奧，好了嗎？」

「喔。拜託啦。唔唔，好冷……」

不過順著某道生疏的聲音望過去後，蘆屋發現在那個方向，有一位無論怎麼看都毫無辯駁的餘地，正明顯浮在空中的陌生少女。

雖然蘆屋忍不住回頭看向梨香，但後者的眼睛正目不暇給地交替看著蘆屋、真奧、少女以及中年男子。

「魔王大人！那位少女該不會……！」

「啊，等我到了那裡後，就會讓她回來……」

「那我們走囉！」

「抱歉，總之晚點再說啊啊啊啊啊啊啊……」

真奧還來不及說完，便與少女一起丟下全身溼透的陌生中年男子，一面發出慘叫，一面飛往鈴乃和漆原消失的方向。

蘆屋與梨香一時忘記要關上風雨吹進來的窗戶，茫然地看著兩人離開的天空。

「……」

「……」

「……」

蘆屋、梨香以及陌生的中年男子彼此互望了一眼後——

「總、總之請先讓我換個衣服……」

「你到底是誰？」

「有人在天空飛啊啊啊啊啊啊啊啊啊啊！」

便在完全沒有交集的情況下，個別自作主張地大聲喊叫。

※

將時間稍微拉回真奧收到鈴乃的概念收發之前。

在看見「那個」自然地走在下著雨的校園內時，千穗差點沒昏倒。

那並非出於恐懼，而是因為事情發生得太過突然。

正常而言，千穗應該要覺得害怕才對，不過由於她有跟長相類似的對象直接交談的經驗，再加上以前曾經聽過的各種資訊，千穗知道「那個」在安特・伊蘇拉的惡魔中，也算是相當高位的存在。

「那個」是在馬勒布朗契一族中，被稱為頭目的惡魔。

之前那位帶著叫伊洛恩的少年、自稱法爾法雷洛（總算記住了）的惡魔，在眾多頭目中似乎還只是新人，不過即使遠遠看過去，也能發現目前在校園內昂首闊步的馬勒布朗契，身材比法爾法雷洛還要大上一圈。

雖然一開始因為過於驚訝而沒注意到，但那位惡魔手上似乎拖著什麼東西。

仔細一看，千穗發現那是畢業生為了紀念創校五十周年而贈送給學校、被命名為「和平與真實」的雕像。

由三位將背弓起的裸體人類包圍一個裝飾了幾何圖案的球體，這種充滿謎團的設計打從贈送當時一直到現在，都飽受在校生「噁心」、「莫名其妙」，以及「別將這種藝術亂推給別人」的負評，雖然不知道那座雕像是被拔開還是扭斷，但總之那位馬勒布朗契正悠然闊步地拖著球體的部分走在校園內。

千穗前陣子才因為擅作主張，讓真奧等人操了不必要的心。

因此她現在完全沒有打算獨自解決的想法，並嘗試與真奧聯絡。

雖然真奧說過今天要參加第二次的考試，不過這應該是更加優先的狀況。

然而，結果卻聯絡不上。

老師正與其他學生一同緊盯著校園內的馬勒布朗契，但順利避開老師目光的千穗，依然無法與真奧連繫上。

看來即使使用放大器，也無法從這裡將概念傳達到調布。

惠美至今依然行蹤不明，這麼一來，就只剩下鈴乃擁有與那個惡魔戰鬥的能力。

千穗趁教室裡所有人都將注意力集中在校園內時，再度握住書包裡的手機，嘗試對鈴乃進行概念收發。

這次送信成功，鈴乃說她會馬上趕來學校。

「佐、佐佐，妳覺得那是什麼？」

此時，千穗在學校最要好的朋友東海林佳織張口結舌地指著校園問道，即使千穗知道答

案，但當然還是無法回答。

「呃，到底是什麼呢？大、大概是什麼危險的動物之類的……」

只能如此回答的千穗，在心裡偷偷向惡魔們致歉。

雖然應該不是為了抗議，但此時校園內的馬勒布朗契像個玩膩玩具的小孩子般，隨興地將剛才把玩在手上的「和平與真實」扔了出去。

「？」

不只千穗，在場所有人都倒抽了一口氣。

「和平與真實」宛如隕石般飛向校園的角落，在撞到足球門柱時悽慘地粉碎。

要是剛才方向稍微偏了一下，很可能會直接擊中校舍。

「難道……完全沒有我能幫得上忙的事情嗎？」

不曉得能否在其他學生發現那位馬勒布朗契之前，讓他移動到別的地方。

雖然千穗握緊手機打算徵求鈴乃的意見，不過在想到鈴乃不可能支持自己積極行動後，便打消了主意。

正當千穗心想自己果然還是該靜觀其變時——

『喔喔喔喔喔喔喔喔喔喔喔喔喔喔喔喔喔喔喔喔喔喔喔喔喔喔喔嗯嗯嗯！』

校園內的馬勒布朗契突然發出怒吼。

「呀！」

那道宛如荒野之狼般高亢猛烈的聲音，讓千穗不由得摀住耳朵。

「咿……」

就在這個瞬間，千穗聽見身旁某人害怕地倒抽一口氣的聲音。

「不、不會有事吧？」

「還是先逃跑比較好……」

「老師，怎麼辦！」

「怎麼辦啊……」

教室裡逐漸吵鬧了起來。千穗隱約理解到這是發生恐慌的預兆。

在遠遠地眺望校園內的馬勒布朗契一眼後，千穗下定了決心。雖然或許之後會被真奧與鈴乃責備，但現在已經沒有猶豫的時間了。

只要外面的馬勒布朗契再做出一次顯眼的行動，就會造成恐慌。

「……」

千穗溜出陷入不安的教室，在被別人發現之前，於走廊上全力衝刺。

上次在走廊上像這樣全力奔跑，應該是小學生時的事情了吧。

千穗就這樣在不被任何人發現的情況下，前往笹幡北高中的頂樓。

笹幡北高中從創立至今已經超過七十年，而舊校舍則是據說有超過五十年的歷史。

雖然很遺憾於千穗在學期間內並沒有改建的計畫，不過除了三年級生的教室以外，舊校舍內幾乎都是諸如委員會會議室，或是學生會辦公室等平常不會有人常駐的教室。

由於幾乎校內所有人都緊盯著校園看，因此衝進舊校舍的千穗才得以不遇見任何人便直接穿越走廊，不過在即將抵達目標的頂樓之前——

「？」

千穗不自覺地停下腳步。

在舊校舍三樓角落，也就是通往頂樓唯一樓梯的旁邊，是一間被學生們稱為「打不開的房間」的教室。

並非基於以前有學生在這裡去世，或是被施加了莫名其妙的封印之類的理由，只不過這裡很久以前是被當成家政教室使用，但之後在屋齡三十年的新校舍多了間相對較新的家政教室，所以才變成沒人使用的房間罷了。

雖然門上掛了簡單的南京鎖，但被鎖固定的金屬零件十分破舊，只要有一把螺絲起子，就算是小孩子也打得開。

千穗之前曾在這個房間的前面，透過「基礎」碎片確認惠美前往異世界，然而現在「打不開的房間」的門，居然被人從內部破壞了。

而且走廊上面，還留下了大到缺乏真實感的泥巴腳印。

「……是從這裡嗎？」

往教室內望去的千穗，發現窗戶並沒有被破壞的痕跡，整個房間就只剩下破舊的桌子、洗手台以及積滿灰塵的書架。

不過在地板的正中央，有一塊新的焦痕。那到底是怎麼回事呢？

「……糟糕，現在不是在意這個的時候了。」

詳細的驗證，可以等鈴乃來了之後再做。現在重要的是外面的馬勒布朗契。

衝上樓梯後，阻擋在千穗面前的門理所當然地上了鎖。

不過這不成問題。在確認樓梯底下沒有其他人後，千穗用力吸了口氣。

「嶄～新～的～早～晨～來～臨！希～望～的～早～晨！」

將精神集中到沉睡於體內深處的力量後，千穗大聲唱出收音機體操的歌曲，讓聖法氣活性化。

若單純只想使用概念收發，其實並不需要像這樣全力讓聖法氣活性化，不過千穗此舉並非是為了施展其他法術。

透過之前的訓練，千穗知道只要持續唱歌，就能加強聖法氣活性化的程度，因此她像是為了凝聚聖法氣般，反覆唱出收音機體操的歌。

結果如同千穗的預料，在她即將唱到第三遍時，門對面便傳來一道沉重物體著地的氣息。

『……是妳在呼喚我嗎？』

那是一道與法爾法雷洛相似的低沉聲音。

千穗首先放心地鬆了口氣。

不出所料，對方察覺到了千穗活性化後的聖法氣。

「……太好了，你會說日語呢。」

『妳是誰？為什麼叫我來這裡？』

「雖然說來話長……但總之我想趁其他學生或老師們對你做出輕率的舉動前，先跟你談一談。」

『哼，跟身上那微薄的聖法氣相比，妳的口氣倒是挺大的。』

門外的存在以輕視千穗般的語氣說道。不過即使對方的話裡含有侮蔑的意思，只要內容屬實，千穗都會坦率地接受。

「坦白講，我並不具備戰鬥的能力，而且我也不覺得自己能對你怎麼樣。不過我是因為有明確的理由，才請你來這裡的。」

『啊？』

即便看不見對方的身影，但或許是因為確信鈴乃正往這裡趕來，所以千穗並未感到特別害怕。

「因為我沒有鑰匙，所以想請你先幫我打開這扇門。如果是馬勒布朗契先生，應該辦得到吧？」

『……』

門的對面傳來些許疑惑的氣息。

「這個世界對小孩子可是很嚴格的。就算說是為了與來自異世界的惡魔一對一談話，大人也不會因此就將通往頂樓的鑰匙借給我呢。」

千穗面前的鐵門雖然老舊，但看起來依然十分沉重堅固——

「！」

然而此刻卻從外面傳來門把被人輕易破壞的聲音。

不出千穗所料，對方幫忙從外面破壞了鎖。

在失去另一側的支撐後，內側的門把輕輕掉落在千穗腳邊，一根似曾相識的銳利爪子，毫不客氣地從門上的洞伸了進來。

千穗此時首次感到害怕。

之前有一部分是因為伊洛恩也在，所以千穗在面對法爾法雷洛時才沒那麼害怕。

不過這次千穗面對的可是完全陌生的惡魔。

不用擔心，惡魔們並非完全不講道理。

在這樣告訴自己後，千穗凝視著被緩緩開啟的門。

『小姑娘，以渺小的人類來說，妳還滿有膽識的嘛。』

眼前是一位口氣比法爾法雷洛還要粗魯，身材也比法爾法雷洛要大上一圈的馬勒布朗契。

他的爪子並沒有千穗最初印象中那麼長。雖然體格龐大，不過爪子跟翅膀看起來比法爾法雷洛還要略小一些。

然而，若只看身上散發出來的魔力，法爾法雷洛根本望塵莫及。

雖然不及真奧的魔王形態，不過如果事前沒有全力讓聖法氣活性化，或許千穗光是與他面對面，就會不舒服到連話都說不出來。

『看來妳真的是這個國家的人……不過站在我面前，居然還能面不改色……原來如此，妳就是法雷那小子提到的新生魔王軍大元帥，麥丹勞．咖啡師（王佐主教弓）嗎？』

即使來自異世界的幹部級惡魔認真地問「妳就是麥丹勞．咖啡師嗎」，知道這個詞原本意思的千穗還是差點笑了出來。

至於「法雷」這個名字，該不會是法爾法雷洛的暱稱吧？關於這部分，感覺似乎也有點可愛。

不過千穗還是依照現場的氣氛，努力讓自己露出無畏的笑容說道：

「看來我不需要自我介紹了呢。要是你跟我至今所認識的那些惡魔一樣，表現得都很紳士就好了。」

千穗說完後，魁梧的馬勒布朗契一面吐出惡臭的氣息，一面以讓人不禁掩耳的聲音大聲笑道：

『嘎哈哈哈哈哈！別勉強自己做不習慣的事情。妳的聲音不但在顫抖，而且也無法掩飾害怕我們惡魔的感情！』

「唔！」

千穗忍不住在未知的威脅面前臉紅了起來。

『不過看在妳這發抖的小螞蟻還滿有膽識的份上，我就按照人類所說的紳士態度，先報上名號好了。』

「請、請說……」

千穗不自覺地偷瞄馬勒布朗契背後的天空。

鈴乃還沒有到。

『本大爺叫利比科古。如妳所見，是馬勒布朗契的頭目之一。不過妳記清楚了，我可不像法雷那小子那麼天真。雖然我很高興魔王撒旦還活著，但絕對不會認同什麼新生四天王！』

就在這個瞬間，風雨突然急速增強了，而且這並非錯覺。

位於遠方天空的雲朵顏色逐漸加深，就連肉眼都能明顯看出雲層正在流動，讓大氣籠罩整個市區。

自稱利比科古的馬勒布朗契，將魔力也提升到就算千穗將聖法氣活性化依然無法抵擋的程度。

所以千穗實在說不出雖然是四天王，但實際上有五個人這種話。

※

「哎喲喂呀！」

隨著念動力的拘束突然解除，原本浮在空中的真奧悽慘地以屁股朝下的姿勢，摔在被雨淋濕的地面。

「喂！妳幹什麼啊！這裡還沒到小千的學校耶！」

「抱歉，稍微繞點路。」

在以有些放棄的眼神低頭看向連內褲都被雨水淋濕的下半身後——

「……這真的是颱風呢，咦……這裡不是麥丹勞嗎？」

真奧不經意地環視周圍，然後發現這裡是他熟悉的場所。

也就是麥丹勞幡之谷站前店前面。

在暴風雨的影響之下，現場幾乎沒有路人，讓真奧稍微鬆了口氣。

雖然因為兩人降落（被丟）在看不見櫃檯的地方，所以無法確認木崎的狀況，不過從窗戶看進去，裡面的客人也只有與這惡劣的天氣相符的數量。

「這樣就算把旗幟橫倒，也可能會被吹走呢。」

儘管用來宣傳秋季促銷的旗幟有按照遭遇強風時的方針橫倒，不過就連用來固定底座的重石，都被風吹得喀喀作響。

「這裡……原本好像有什麼人在。」

「嗯？」

不過艾契斯看的並非麥丹勞，而是對面的肯特基。

真奧順著艾契斯的視線往對手的店鋪望去——

「唔哇！那樣沒問題吧？」

客人座位旁邊的大玻璃窗慘不忍睹地碎裂一地。

大概是被風吹來的瓦片或什麼東西砸破的吧。

雖然真奧一點都不關心肯特基的店長大天使沙利葉，不過同為商店街的夥伴，他還是開始擔心起肯特基的員工或客人有沒有受傷。

店內看起來連燈都沒開，大概是因為打雷導致斷路器跳掉了吧。

「不過……已經不在了。」

「喂，肯特基裡怎麼了嗎？」

既然跟阿拉斯．拉瑪斯是同質的存在，那就算艾契斯．阿拉感覺到大天使沙利葉的氣息，也沒什麼好不可思議的。

不過既然如此，那麼「已經不在了」是什麼意思？

「……抱歉，你趕時間對吧，我不會再繞路了。」

「嗯嗯嗯…………！」

不等真奧回答，少女便以幾乎算是暴行的方式讓他浮在空中，隨後兩人便衝進雨雲裡面，消失在天空之中。

※

「那麼……利比咕咕先生來日本，來地球是有什麼事情呢？」

頂樓的風雨一下子就打溼了千穗的制服與頭髮，面對眼前擁有強大魔力與軀體的馬勒布朗契，儘管千穗因為寒冷與恐懼而顫抖，還是堅毅地開口問道。

雖然感覺不到附近有像伊洛恩那樣的伏兵，不過鑒於西里亞特那次也帶了大批部下來到日本，恐怕還是不能就此大意。

然而利比科古聽了後，卻露出就連不熟悉惡魔表情的千穗都看得出來的不悅表情。

『總覺得妳的發音讓人覺得很生氣。』

「咦？」

千穗認真詢問惡魔的來意，結果卻被對方指摘發音不正確？

『我叫利比科古，重新念一次看看。』

「……利、利比咕咕。」

千穗開始搞不懂自己到底在這種風雨中跟惡魔做什麼了。

不過由於不能惹對方不高興，因此千穗雖然感到意外，還是姑且順從地跟著利比科古覆誦了一次。

『我宰了妳喔，又不是雞。』

「啊，安特．伊蘇拉的雞也是『咕咕』地叫嗎？」

『妳是在瞧不起人嗎？話先說在前頭，如果妳念錯的是德拉基亞索或斯加勒繆內那些急性子的小鬼的名字，他們可是會二話不說地砍掉妳這人類的頭喔。』

「德、德拉，德拉基喵……咦咦咦？」

這實在太過分了。

雖然不知道在惡魔的文化裡是怎麼取名字的，不過若馬勒布朗契們的名字也都是來自於父母，千穗真想知道那些將名字取得這麼難念的父母名字跟長相又是如何。

『唉，只要記住這些就行了，反正其他人已經都不在了。放心吧。』

「咦？」

千穗瞬間覺得自己好像聽見了什麼重要的事情，不過利比科古馬上接著說道：

『再念一次！利比科古！』

「利……利比科古！」

『很好！有心還是做得到嘛！雖然念得還是有點僵硬，不過看在妳是異世界的人，我就不跟妳計較了。』

「謝、謝謝……」

總而言之，看來千穗總算通過了發音測試。

「那麼，利……利比……利比科古先生來這裡有什麼事嗎……」

『我是來大鬧一場的。』

「咦？」

千穗瞬間差點以為是自己又念錯了利比科古的名字惹他不高興，不過看來並非如此。

『話雖如此，我也沒打算在這裡進行大量虐殺。之所以來到這個設施，單純只是因為「門」的出口碰巧在這裡罷了。大概是之前有人在這裡開啟過「門」吧。不過總而言之，我只有被吩咐出來後要簡單易懂地大鬧一場而已。』

「簡單易懂？」

『沒錯，就像這樣。』

說完後，利比科古看似愉快地咧嘴一笑，並攤開雙手捲起一陣讓千穗不得不用手護住臉的強風。

就在這個瞬間，籠罩笹幡北高中的風雨宛如被壓縮似的激烈捲動，就像有一道巨大的暴風雨之壁正在包圍學校一般。

「請、請你住手！」

千穗發出慘叫。

學校與鄰近地區的暴風雨，突然瞬間變強了許多。

風雨創造出來的暴力之壁吹跑了附近民宅的屋瓦，推倒了庭木，被吹斷的電線也不斷冒出火花。

『如何，很簡單易懂吧。』

像是在享受千穗的反應般，利比科古繼續使用操縱天候的魔法。

『順便試試看這招好了。』

利比科古輕輕晃動伸長的爪子。

雖然千穗不曉得發生了什麼變化，不過就在她感覺脖子發毛了一下後，原本無風無音的世界突然出現一道閃光。

「呀啊啊！」

千穗發出撕裂空氣的慘叫聲。她才剛看見風雨之壁發出閃光，接著無數的閃電便開始擊落地面。

儘管那些落雷接連打在各戶人家屋頂的天線、電線桿或是公寓的避雷針上，但那些東西當然不可能承受足以燒灼視線的雷電。

『哼，看來不怎麼順利呢。』

千穗在閃光停歇後戰戰兢兢地睜開眼睛，並在發現學校周圍有幾間房屋冒出火舌後倒抽了一口氣。

不過利比科古似乎對這樣的成果還不滿意。

『哼，我本來以為能豪爽地讓這裡變成一片火海呢。』

在閃電充斥眼前時，千穗原本也做好了目睹那種光景的覺悟，不過由於近年來各家庭內的精密機器增加，所以防範落雷的意識也跟著提高了。

原本運用在送電設施的架空接地線，也開始廣泛地應用在網路回線等送電用途以外的線路，增設了不少防範落雷的對策，此外那些設備也被課予了裝設避雷設備的義務。

總之由於那些電線與電線桿直接充當了地線，因此才沒發生利比科古預想的災害。

不過無論如何——

『再多加把勁試試看吧。』

都還是會演變成這樣的狀況。

「請等一下！做這種事，究竟有什麼意義！」

『啊？』

「這樣就只是在亂來而已……至今來到日本的惡魔們，不是為了帶撒旦先生回去，就是為了奪取遊佐小姐……勇者艾米莉亞的聖劍，大家都擁有確切的目的……所以你真的覺得這樣好嗎？」

『妳這隻小螞蟻的口氣還真大呢。』

「利比科古先生的任務，比被你稱為『那小子』的法爾法雷洛先生的水準還要低！難道你就不能再更像個大惡魔一點，做些帥氣的壞事嗎？」

『妳是不是誤會什麼了？』

「……咦？」

『現在包括妳本人在內，這座設施的小鬼們跟附近鎮上的人全都在害怕，並且覺得既恐怖又悲傷吧。雖然我不知道在妳眼裡，法雷那小子到底是背負多出色的使命……』

利比科古邪惡地笑道：

『不過對惡魔而言，還是這種任務要有魅力得多了！因為可以一口氣吸收大量的恐懼與悲傷……也就是吸取魔力啊！』

說完後，利比科古再度更加用力地張開雙手。

「唔唔……！」

千穗在正面承受利比科古放出的魔力後突然感到呼吸困難，並因此跪倒在地——看來她的聖法氣已經隨著活性化而消耗殆盡了。

必須補充保力美達才行。

雖然千穗如是想著，但她將備用的那瓶留在教室的書包裡。而且若現在轉身離開，難保這位殘忍的惡魔不會因此痛下殺手。

『如果妳有什麼不滿，那就靠實力阻止我吧。王佐主教弖，新大元帥大人……』

利比科古像是在嘲弄逐漸失去力氣的千穗般說道。

即使如此，千穗還是沒有移開視線。正當千穗不願屈服於殘酷的力量，打算抬頭瞪向利比科古時——

「那就這麼辦吧。」

隨著一道凜然的聲音響起，利比科古巨大的身軀發出巨響，從千穗面前消失。

同時原本襲向千穗的魔力也跟著消失，讓她的呼吸頓時恢復順暢。

『唔……嗯！』

利比科古在空中展開翅膀，瞪向千穗所在的方向。

「我好歹也是新任大元帥的其中一人。因為我看你的行為不順眼，所以就用實力來阻止你吧。」

來人輕輕揮舞巨槌，隨之揮灑的雨滴在陽光的照射下閃閃發光。

「鈴、鈴乃小姐！」

呼吸恢復自由的千穗大聲喊道。

將髮簪變化成巨槌的鈴乃飄舞著被雨淋溼的長髮，回頭看向被她保護在背後的千穗。

「不好意思，我來晚了。為了突破突然變強的暴風之壁，害我費了一番工夫。」

「喂，別講得好像妳是靠自己一個人的力量突破似的！」

接著上空傳來另一道熟悉的聲音。

千穗回頭一看，便發現拍動著純白翅膀的漆原正緩緩著地。

「漆原先生……那是……」

千穗在看見漆原背上翅膀的顏色後，驚訝地問道。
那並非之前與真奧戰鬥時的漆黑羽翼，而是宛如天使般的純白翅膀。
或許是因為注意到千穗的視線，漆原有些尷尬地偏過頭回答：
「唉，早知道那傢伙鬧得這麼誇張，我就優先選擇吸收魔力了。」
「路西菲爾，就算是開玩笑也別說這種話。」
鈴乃皺起眉頭出言規勸，但漆原依然神色自若地回答：
「其實我不是在開玩笑。不過今天就算了。」
漆原仰望被鈴乃打飛的利比科古說道：
「那傢伙一開『門』就出現在這所學校，應該不是偶然吧。我多少也有點難辭其咎。」
「同感。」
「咦？咦？」
鈴乃與漆原不知為何展現了奇妙的同伴意識，重新抬頭看向利比科古。
反觀利比科古則是一面按住被鈴乃用巨槌直接擊中的側腹，一面緩緩降落在頂樓的地面。
『……路西菲爾大人，至於另一位……想必就是死神之鐮·貝爾吧？』
「嗯？」
鈴乃挑起單邊眉毛問道：

「你認識我嗎？」
『嗯，妳符合法雷那小子所陳述的特徵，而且……』
「而且什麼？」
『不，只是有點意外妳會來到這裡而已。』
根據鈴乃的感覺，利比科古的實力大概與自己相當或是比自己稍弱一些。
因此剛才趁對方大意時從背後施加的一擊，應該產生了非常大的效果。
而且這次好歹有漆原助陣，即使正面迎戰也完全沒有落敗的要素。真奧也正往這裡趕來。
即使如此，鈴乃還是從利比科古身上感到一股不自然的餘裕。
『這樣正好。』
馬勒布朗契露出比剛才更加邪惡的笑容。

※

「「「……」」」
隔著被爐面面相覷的，增加為三個人。
新加入的成員換上了蘆屋的襯衫與褲子，並因為不習慣跪坐，而尷尬地盤腿坐著。

「那麼，這位是……」

「我不知道。」

剛才還因為梨香的質問而吞吞吐吐的蘆屋，這次總算有辦法回答了。

真奧在以令人百口莫辯的方式登場與退場後留下的男子，確實是蘆屋完全不認識的人物。

從之前那段簡短的對話、真奧用飛的將人帶過來，以及男子外表給人的印象來看，想必他並非普通的日本人。

這麼一來，首先想到的可能性，就是這位男子應該是安特．伊蘇拉的人類，不過即使如此，蘆屋還是有些疑問。

蘆屋從男子身上完全感覺不到聖法氣或魔力，像這種「普通的安特．伊蘇拉人」，為什麼會出現在日本呢？

無論惠美、鈴乃還是艾美拉達，或是沙利葉與加百列，他們都擁有穿越世界或次元的技術以及遠遠超出普通人類的力量。

所以他們才有穿越世界的理由。

若這位男子只是普通的安特．伊蘇拉居民，那他究竟是基於什麼理由待在日本的呢？

這位男子根本就沒有憑自己的意志穿越世界的力量。

然而他現在人卻待在這裡。

蘆屋瞄了梨香一眼後說道：

「鈴木小姐。」

「嗯？」

「不好意思，我跟他要借一步說話。」

「啊？」

蘆屋於心裡再次致歉後，朝真奧帶回來的男子開口：

「（你聽得懂這種語言嗎？）」

男子恍然大悟似的點頭。

「（德韋斯語……不對，是中央交易語言吧。你也不是這個國家的人嗎？）」

「嗯？」

梨香目瞪口呆地看著兩人在她面前開始以莫名其妙的語言對話。

「（那位姓真奧的人也好。你們到底是什麼人？）」

「（坦白講，我才想問這個問題。你看起來並非法術士，為什麼會來到這個世界？你到底是什麼人？）」

「喂、喂，你們兩個……」

「（說來話長。如你所見，我完全不懂法術，以前只是個普通的農夫而已。照理來講，我原本應該就這樣持續留在聖．埃雷的鄉下終老一生才對。）」

「這、這是什麼語言啊……？」

梨香困惑不已。

兩人所說的既非英語，也不是新聞或記錄片裡偶爾會聽見的德語或法語。

就連音節的分隔都十分曖昧，簡直就像外星人的語言。

「（我到現在都還不曉得你跟真奧先生的身分，因此也不能透露太多。不過，我是背負著守護那孩子……守護小翼的責任穿越世界的。這都是為了有朝一日能將小翼交給某人。）」

「（交給某人……？）」

蘆屋疑惑地嘟囔道，然後想起真奧當時身邊還有另一位少女。

「（你說的『小翼』……是指帶走真奧的那位少女嗎？）」

「（……）」

未報上姓名的男子沉默以對。

在蘆屋認識的對象當中，某人的名字也擁有和日語中的「翼」相同的意義。

那是一位曾在這個房間生活一個星期，之後交由仇敵照顧，現在則是與仇敵一同行蹤不明的小女孩。

「（我知道真奧為何帶你來這裡了。不對……跟你相比，重要的應該是那位名叫翼的少

女。）」

蘆屋以不允許對方否定或說謊的銳利語氣問道：

「（那位少女，是『基礎』碎片的化身吧？）」

「（……）」

男子默不作聲。

不過他並未轉移視線。

那是發生在前陣子的事情。

惡魔大尚書卡米歐曾經帶來一項情報。

那項情報是由奧爾巴告訴卡米歐的。

據說還有另一把聖劍。

而且那把聖劍，就在日本。

西里亞特就是為了尋找那把聖劍而來。

蘆屋無法壓抑內心的激動。

因為他發現眼前這位曾經是農夫的普通人類，掌握了某個或許足以改變我方與安特．伊蘇拉所涉入的一切，亦即改變整個世界的關鍵。

「（你……你……）」

蘆屋拚命壓抑自己緊張的聲音，心裡混亂的預測也逐漸轉變為確信。

「（你是……艾米莉亞．尤斯提納的父親嗎？）」

「……艾米莉亞？」

梨香總算認出一個類似人名的詞彙，並從中察覺到一股不協調感。

然而蘆屋與男子都沒注意到梨香的狀況。

這也難怪。

「（你們……啊，原來如此。）」

畢竟這是以嚴厲語氣開口的男子，勇者之父諾爾德．尤斯提納——

「（怎麼會這樣……）」

與魔王心腹的四天王首席，惡魔大元帥艾謝爾的首次邂逅。

「（原來你們就是……不對，原來那位真奧先生……就是我妻子口中所說的『被選上的人』。）」

「（『被選上的人』……？）」

「（我妻子曾經說過『當被選上的人做好揭露世界真相的覺悟時，就把小翼交給女兒』。在真奧先生說出艾米莉亞的名字時，我就在想該不會是這樣了。）」

男子口中的「妻子」，在這個情況，應該是指惠美的母親大天使萊拉吧。

不過即使天使擁有超常的力量，存在本身卻非常普通，並不像傳說或聖典內所描寫的那樣能光靠幾句話就神奇地束縛世界，或是擁有操縱命運的能力。

基本上區區大天使居然敢宣稱偉大的魔王撒旦「被選上」，就算傲慢也該有個限度。

「喂。」

追根究柢，世界的真相又是什麼？

雖然聽起來很誇張，但像「世界」這種難以捉摸的詞彙的「真相」，可是比寶石的價格或美食節目的評價還要來得不可靠。

「打擾一下。」

話說回來，如果區區一位人類與一位天使就能囂張地說「這是世界的真相」，那還得了？

對我等惡魔而言，能以形而下的方式訴說的真相所具備的價值，甚至還不如路邊的小石頭。

「聽我說啦！」

「是？」

蘆屋因為有人突然在自己耳邊大吼而嚇了一跳。

他驚訝地摀住耳朵往旁邊一看，便發現梨香正露出比惡魔還要像惡魔的表情。

「雖然我不知道你們擅自釐清了哪些事情，不過至少也跟我說明一下吧！」

「嗯……」

「這、這位小姐真恐怖呢。」

看來諾爾德也知道梨香正因為被排擠而感到生氣。

雖然他試著以平穩的語氣安撫梨香，但後者卻以足以讓惡魔大元帥退縮的視線狠狠地瞪向諾爾德。

「大叔，如果你想在日本平安無事地生活下去，最好還是學會講話委婉一點比較好喔？」

「喔……」

「那麼，蘆屋先生？」

「是、是的……」

「結果你到底什麼時候才要告訴我這位大叔是誰，還有真奧先生、漆原先生跟鈴乃為什麼辦得到那些事情啊？」

由於知道即使回答「妳根本就沒問過這些問題」，或「妳一口氣問得太多了」也只會招來血光之災，因此蘆屋並沒有回嘴，畢竟他在真奧回來之前就已經做好了覺悟。

「鈴、鈴木小姐，放心，我會跟妳說明，請妳先坐下……」

蘆屋將雙手放在梨香的肩膀上，試圖讓她冷靜下來。

「我、我才不會這樣就被蒙混過去。」

「咦？」

然而原本殺氣騰騰、彷彿隨時都會撲上來的梨香，臉上卻像燒起來似的變得火紅，並氣勢全消地乖乖坐倒在榻榻米上。

「所、所以呢？到、到底怎麼回事？」

梨香滿臉通紅地瞪向蘆屋問道。

「呃，那個……」

不曉得該從何開始說起的蘆屋，最後指向諾爾德說道：

「這位先生。」

「嗯、嗯。」

「好像是遊佐的父親。」

「嗯…………咦？」

差點點頭直接忽視這項情報的梨香，睜大了眼睛看向諾爾德。

「惠美的……爸爸？」

「是的，我想這應該是真的沒錯。」

「咦？咦？啊，那、那個……」

想起自己剛才曾經口出惡言的梨香，聞言不禁臉色發白地說：

「剛、剛才居然對您說出那麼失禮的話，真是非常抱歉。」

「雖然我不是很清楚，但沒關係。」

這樣真的沒關係嗎？雖然蘆屋對並非法術士的諾爾德的日文能力有些不放心，但若繼續爭執下去也很令人困擾，因此他接著說道：

「（這位小姐是艾米莉亞在這個國家的朋友。她叫做梨香．鈴木。）」

這次蘆屋換向諾爾德介紹梨香。

「梨香，小姐。」

「是、是的。」

「艾米莉亞平常一直都被妳照顧。」

雖然惠美被諾爾德講得好像是非自願地讓梨香看護一樣，不過由於梨香大概了解對方的意思，因此也不再像剛才那樣吐槽。

「啊，我、我才是總是承蒙她關照……那、那個，蘆屋先生。」

「是。」

梨香依照日本人的典型作風，反覆說著無意義的客套話，並不經意地看向蘆屋問道：

「你們從剛才開始就一直提到『艾米莉亞』，而惠美爸爸剛才更是直接用了這個名字，這到底是……」

若回答梨香這個問題，就等於是將她拉進與千穗相同的領域。

雖然千穗後來接受了，但梨香又是如何呢？

視情況而定，或許之後必須請鈴乃幫忙操作記憶，蘆屋邊這麼想著，邊開口說出足以改變梨香世界的話語：

「那是指遊佐的意思。」

「呃……那是指日本人去了外國後，也會跟著取外國風格的綽號，或是因為宗教上的理由所以另外取洗禮名或中間名之類的嗎？」

「不。」

像是為了配合梨香內心理解的速度般，蘆屋緩緩說道：

「那才是我們所認識的『遊佐惠美』真正的名字。她的本名叫艾米莉亞．尤斯提納。」

「……我有點搞不太懂呢。」

梨香的表情浮現出明顯的困惑。

「你剛才說……艾米莉亞．尤、尤斯提納？那是惠美的本名？」

「是的。」

「難道惠美不是日本人嗎？」

「沒錯。」

「……啊，原、原來如此，因為惠美的爸爸是外國人，所以總而言之，雖然她是在國外出生，但就像足球選手歸化日本後會取個日本名字一樣……」

梨香牽強附會的想像，大致不出蘆屋的預料。

為了讓梨香冷靜下來，蘆屋緩緩搖頭，並將視線配合梨香的高度開口：

「不，並不是那樣。遊佐……艾米莉亞的故鄉，並不在地球上。」

「……那是什麼意思？」

「在繼續說明下去之前……鈴木小姐，妳平常有看電影或是玩遊戲的習慣嗎？」

蘆屋天外飛來一筆的問題，讓梨香開始產生懷疑。

「為、為什麼要突然問這個？雖然我小學以後就沒玩遊戲了，但電影倒是滿常看的。」

「那麼，只要這麼說妳應該就能理解了。遊佐惠美，也就是艾米莉亞．尤斯提納並不是地球人。」

「……地球人？」

「雖然這樣表現並不正確，不過若要用比較淺顯易懂的說法，那就是遊佐是外星人。她並非來自地球上的任何地方，而是從遙遠的星球來到地球的異世界人。」

「……你當我是笨蛋嗎？」

梨香的反應十分正常。

就連這個蘊含怒氣的反應，也在蘆屋的預料之內——這是一般人自然的反應。

「如果妳不願意相信，那我就無法說明鈴木小姐剛才看見的那些現象了。」

「我看見的……………咦？」

梨香突然看向房間的窗戶。

變強的風雨正拍打著鈴乃與漆原剛才跳出去的那扇窗戶。

而前不久在外面現身的真奧，最後也是飛著離開的。

「『從這裡到對面的屋頂，少說也有十公尺以上！怎麼可能有人能不助跑就直接跳到那裡』，至少在這個世界，這個地球應該沒有吧？」

「…………」

梨香反覆看向蘆屋的臉與窗戶。

果然即使對梨香說明這些不可解的現象，她的內心還是跟不上狀況。

如果能讓梨香像千穗那樣突然親眼看見強烈的現實，或許結果就會不同也不一定。

不過梨香在今天之前都還一無所知，而且也幾乎沒看過「真相」。

「鈴木小姐。」

「唔！」

蘆屋的叫喊，讓梨香害怕地嗚咽了一聲。

「啊……啊，啊……」

與適才強勢的樣子相比，梨香的身體明顯因為對「未知現象」的恐懼而變得無法動彈。想必她應該連發聲都有困難吧。

「可、可是，怎麼可能……因為，漆原……鈴乃……真奧……」

梨香列舉著名字。

同時反覆思索之前看見的景象。

「騙、騙人？開玩笑的吧？這、這是在惡作劇嗎？」

即使如此，梨香堅強的內心，還是勉強守護著自己常識的屏障。

「我、我怎麼可能相信這種解釋，倒不如說鈴乃他們是魔法師或超能力者，還比較有說服力呢！那樣的人世界上多得是……」

「說的也是，如果是我站在鈴木小姐的立場，應該也會這麼說吧。」

「讓、讓我看看證據啊！既然你說你們是外星人，那還靠打工過著貧困的生活不是很奇怪嗎？」

「……我實在無話可說。」

儘管是這種場合，蘆屋依然苦笑道：

「不過即使是外星人，還是得為了每天的三餐而工作。」

所以要不是發生了這種事，也不會被梨香發現他們的真面目。

然而，他們終究是不同世界的人，是本來應該不會彼此相遇的人。

雖然若蘆屋可以當場恢復成惡魔形態，就能當成不容動搖的證據，但遺憾的是現在的蘆屋辦不到那種事。

「我現在無法讓妳看到確實的證據……這樣好了，等鎌月鈴乃回來後，我會請她負起責任證明給妳看。前提是，鈴木小姐願意將這些奇怪的話聽到最後。」

「……」

梨香沒有回答，僅對蘆屋投以懷疑的視線。

「（也難怪她會不相信。如果是我在安特．伊蘇拉聽見類似的事情，應該也會一笑置之吧。沒想到在異世界居然會有如此文明高度發展的國家。）」

蘆屋僅在心裡贊同諾爾德的想法。

人類的世界、人類的國家、人類的文明。

即使惡魔們在生物方面優於人類，但日本的一切對他們而言，依然是位於遙遠未來、永遠無法抵達的現象。

「（真奧有告訴你我們的真實身分嗎？）」

「（……沒有。不過我大概猜得出來你們不是人類。）」

仔細想想，蘆屋還沒向諾爾德報上名號。

惠美的失蹤與諾爾德的出現，正是蘆屋等魔王城居民儘管錯誤、但感覺依然不壞的日常生活開始崩壞的象徵。

「（雖然對我來說算是幸運……不過看來要等下次才能自我介紹了。）」

「嗯？」

原本靜靜眺望蘆屋與梨香對話的諾爾德，突然露出嚴厲的眼神起身。

諾爾德穿著蘆屋以前在商店街抽獎得到的贈品、上面印有「笹幡人萬歲」的長袖襯衫，在不發出腳步聲的情況下起身移動到窗邊。

雖然即使壓低腳步聲，地板還是會發出聲音，不過蘆屋也因為諾爾德的舉動而看向窗外。

「！」

映入眼簾的景象，讓蘆屋全身瞬間緊張了起來。

在這跟颱風沒什麼兩樣的暴風雨中，照理說外面應該不可能會有人才對。

然而——

「（完全被包圍了。我沒看過他們，你知道那些人是屬於哪個勢力嗎？）」

蘆屋有能力回答諾爾德的問題。

不過對蘆屋而言，這個答案實在令人難以置信。

至今那個世界，從來不曾做出這種暴行。

「（……那是在東大陸艾夫薩汗的騎士團中……位居次席的鑲蒼巾騎士團的武裝。這到底是怎麼回事？）」

與其說蘆屋是在回答諾爾德，不如說他其實是在自問自答。

公寓四周已經完全遭到身穿異服的騎士們包圍。

他們究竟是何時，又是從哪裡出現的呢？

莫非跟西里亞特那次一樣，是巴巴力提亞派來的刺客？

不對。

外面打扮奇特的騎士們，全都是人類。蘆屋從他們身上完全感覺不到任何魔力。

雖然不曉得理由，但唯一能確定的是他們的目標是蘆屋等人。

「你、你們兩個怎麼了？」

蘆屋瞬間回過神來。

沒錯。

視政情的狀況而定，蘆屋、真奧、漆原、諾爾德，或甚至是鈴乃，都並非不可能被安特・伊蘇拉的人類們盯上。

不過梨香不同。

她跟安特・伊蘇拉的事情完全無關，只是普通的日本人。

除了不能將她拉進來以外，更不能讓她受到牽連。

「（這件事與梨香小姐無關，必須保護她對吧？）」

「（嗯、嗯。）」

蘆屋點頭肯定諾爾德的意見。

「（他們的目標是我嗎……不對，應該不是。若不是遇見真奧先生，我應該不會出現在這裡。所以是你們嗎？）」

「（看來是這樣沒錯。雖然也可能是隔壁的鄰居，但無論如何，現在這棟建築物只剩下我們三個人。）」

雖然那群氣氛詭異的騎士們尚未展開行動，但以那個人數，只要他們一衝進來，現在的蘆屋根本毫無勝算。

「（你有辦法戰鬥嗎？）」

「（如果是以前，這點人數根本不算什麼……不過現在就……）」

對蘆屋而言，這樣的回答令他十分懊悔。

「（……因為我也沒受過正式的訓練，所以狀況跟你差不多……至少要是小翼……艾契斯有回來，或許還會有辦法……）」

從小翼跟艾契斯是指同一個人來看，諾爾德所說的應該就是剛才跟真奧在一起的那位少女

吧？

儘管不知道事情的來龍去脈，但恐怕那位少女正跟真奧一起去救援千穗。

此時，蘆屋總算想起一件事。

若外面的那群人全都是東大陸的人類，那麼在背後牽線的一定是奧爾巴．梅亞。

而且在千穗的學校遭到某人襲擊、惠美失蹤的現在，前往救援的必定是鈴乃與一到關鍵時刻潛力高深莫測的真奧。

我方當中就只有漆原的行動無法預測，而且他偶爾會利用魔力以外的力量來源使用法術。無論如何，現在日本唯一稱不上戰力的，就只有一個人。

「東大陸……嗎？」

蘆屋悔恨地咬牙。

有危險的人並不只惠美跟鈴乃。

發生在千穗學校的騷動，只是聲東擊西。

敵人——奧爾巴與巴巴力提亞的目標，是惡魔大元帥艾謝爾。

※

「哇啊啊……好大的雨……明明我來的時候還沒這麼誇張。」

一位從笹塚站下車的女子，洩氣地看著眼前狂暴的雨勢。

「叫計程車好了。不過我記得離車站沒有很遠，這樣好像有點浪費。」

站在車站周邊地圖前方的女子，將一個大側肩包放在附滾輪的旅行箱上，煩惱著從車站出去後要怎麼走。

不過她拿在手上對照地圖的東西，並非地圖、小抄或手機之類的東西。

而是一份履歷表。

「好！搭計程車吧！我不想弄溼！」

隨手將皺皺的履歷表塞進側肩包後，女子穿過驗票口外的大廳，通過陸橋，在馬路上為了招計程車而左右張望。

「哇噗！」

此時風向改變了。

女子的鼻子輕輕動了一下。

「……這是什麼味道？」

疑惑地說完後，女子像是為了思考般將手抵在額頭上，轉向「那個味道」飄來的方向。

「啊……」

過不久她似乎察覺到了什麼，點點頭露骨地擺出厭惡的表情。

「這下沒辦法搭計程車了。可惡，我記得那邊沒有浴室。」

以一副打從心底感到厭煩的表情嘟囔完後，那位女子重新回到車站內。

她將所有的行李都放在投幣式置物櫃裡——

「嗚呀啊啊啊啊啊啊啊啊！」

然後一面大喊，一面沒撐傘就直接衝進下著大雨的笹塚。

女子隨興紮起的馬尾與健康的小麥色肌膚瞬間就被雨水打溼，然後她的身影就這樣消失在雨幕中。

※

同一時間。

真奧與艾契斯雖然中途有繞路，但最後還是順利抵達了笹幡北高中附近。然而——

「唔喔喔喔！」

真奧大吼著對暴風之壁展開突擊，不過以人類男性的腳力，光是要在暴風中站著都很困難，因此他最後在柏油路上滾了幾圈後，便撞上了電線桿。

「好痛痛痛痛！」

「這下麻煩了呢！」

艾契斯事不關己般的看著真奧因為擦傷與衝撞，痛得在地上掙扎。

「可惡！好不容易來到這裡！結果根本看不見裡面的狀況！」

若從外面觀察，就像是只有笹幡北高中被積雨雲吞沒一般。

一團圓形的雲包圍整個高中的校區，讓行人完全無法靠近。

附近的損害並沒有當初想像的那麼嚴重，只有一條電線斷掉算是不幸中的大幸。

不過即使周圍沒有出現損害，學校裡面的狀況又是另一回事了。

「總覺得真奧感覺有點靠不住呢。」

「唔哇，氣死人了。」

明明前髮都被風吹得捲了起來，艾契斯還是以一副天真的表情聳聳肩說道：

「這樣虧你還敢叫我先回公寓呢。」

「畢竟要是妳或諾爾德有什麼萬一，情況才會真的變得無法挽回啊！」

真奧原以為只要人來到這裡，就能跟鈴乃一起合作解決狀況，所以才叫艾契斯先回公寓。

「沒問題吧？還是我留在這裡比較好？」

「真的是氣死人了！」

然而真奧卻無法進入學校。

對人類的下半身而言，只要風速高到秒速二十公尺，就會連站立都變得十分困難。

而眼前這道暴風之壁明顯超越這個程度，若隨便以血肉之軀衝進去，就會像真奧剛才那樣被彈出來。

「鈴乃那傢伙，應該已經進去裡面了吧……」

真奧開始焦躁了起來。

無論力量再怎麼衰退，真奧好歹還是魔王，雖然不知道這道暴風之壁裡面的敵人是什麼人物，不過最近來到日本的異世界存在，每個都是連他都會覺得棘手的對象。

面對這些若少了阿拉斯．拉瑪斯的幫助，就連勇者都會難以應付的對手，儘管對鈴乃不好意思，但光交給她一個人實在無法令人放心。

實際上，真奧至今都沒看過鈴乃認真起來的樣子。

由於在安特．伊蘇拉時曾經全力與惠美交戰過好幾次，因此真奧十分清楚勇者的實力，更何況對方的力量現在還因為與阿拉斯．拉瑪斯融合而變得更加強大。

反觀鈴乃，即使彼此曾經一度敵對過，但當時的真奧全身上下就只穿了一件內褲，鈴乃也因為一些原因而手下留情，所以真奧至今仍對鈴乃的戰鬥能力存疑。

基本上除非是像奧爾巴那樣的例外，否則一般的聖職者根本不會有那麼多認真戰鬥的機會，不過鈴乃在銚子時曾經誇下海口，說光靠自己一個人就能讓一整個馬勒布朗契的軍團全滅。

即使試著尋找風裡的氣息，吵雜的風聲還是會跟雨水一起跑進耳朵，在鎮上各處呼籲居民警戒的消防車，也連綿不絕地發出警報。

由於真奧抵達這裡時，這道暴風之壁早已肆虐了好一段時間，因此或許已經有消防員或警察接到了通報，正往這裡趕來也不一定。

雖然並非自己的責任，但真奧還是希望日本的居民，能單純將這件事當成偶發的異常自然現象……

「嗯，在那附近。」

「啊？」

相較於愈來愈焦躁的真奧，艾契斯唐突地指向空中的一點。

「有被人打開過的痕跡。」

「妳說哪裡！」

即使艾契斯指出了大概的方向，由於眼前除了風雨以外還有許多莫名其妙的東西在天空飛來飛去，因此真奧實在不曉得艾契斯到底是在說哪裡。

「這是魔力引發的風。然後，那附近好像被人用聖法氣撬開過了。只要再用力突破一次，

大概就能把這道風壁完全粉碎吧。」
「誰要負責再用力突破一次啊？」
「所以我不是說真奧一個人沒辦法嗎？那就交給我吧。你想進去裡面對吧？」
「妳、妳辦得到嗎……？」
「嗯，可以稍微花點時間嗎？因為爸爸不在附近。」
根據真奧個人的感覺，少女父親的聖法氣容量並不大，那麼艾契斯這句話究竟是什麼意思呢？
「妳大概要花多久啊？」
「嗯，一小時左右？」
真奧差點被強風吹倒。
「也太久了吧！這樣倒不如回去接諾爾德一趟還比較快！」
「那就這麼辦吧？」
「我不是說過若害你們被捲入麻煩，我會很困擾嗎？」
「可是光靠不完全的力量，根本就無法破壞那裡……就算讓真奧當『憑依』，感覺也無法產生聖法氣。」
「『憑依』？」

「嗯，我跟姊姊的力量，都是取決於憑依者內心的強度。」

「稍、稍等一下！」

真奧慌張地打斷艾契斯。

總覺得艾契斯似乎開始若無其事地說出非常重要的話。

雖然真奧非常希望能夠聽個仔細，不過若真的聽到完，那可能得花上不只一個小時。

「我先問重點就好。即使是像那位大叔，像諾爾德那樣既沒有魔力也沒有聖法氣的人類，只要他在妳身邊，妳就能從他身上獲得力量嗎？」

「與其說是從爸爸身上獲得力量，倒不如說是我在受到爸爸的影響後，變得有精神的感覺？」

真奧倒抽了一口氣。

那不就跟自己恢復成魔王時利用人心的狀態，並將之轉換成力量一樣嗎？

「那關於對象的部分，可以暫時換成我嗎？」

「可以喔？」

艾契斯先是極為乾脆地點頭，但馬上又莫名地板起臉來。

「不過總覺得真奧給人一種討厭的感覺。該說是生理上無法接受嗎……」

「就連這種緊要關頭，妳都能對幾乎稱得上是初次見面的人說出這麼過分的話啊！」

打從真奧來到日本以來，這還是他第一次被人當面開朗地說生理上無法接受。

話又說回來，艾契斯在駕照考場時不是才說過真奧身上有股很香的味道嗎？

「不過，妳辦得到吧？」

「嗯，但如果對象是真奧，應該不會是聖法氣……」

「隨便怎樣都好啦！只要能用強大的力量攻擊那個破綻就可以了吧？」

「嗯……」

雖然艾契斯看起來似乎不太情願，但真奧還是握住她的手出言懇求。

「呀啊！」

「拜託妳！我現在必須什麼都試試看才行！可以的話，我希望妳能助我一臂之力！相對地，我以後一定會好好照顧妳！」

「這、這樣啊……？我、我還是第一次被男生說這種話。」

艾契斯的臉染上一絲緋紅。

「……話先說在前頭，我的意思是會好好告訴妳關於妳『姊姊』的事情喔？妳可別亂誤會啊。」

儘管感到有些不安——

「那麼，真奧，你稍微靠近一點。」

但真奧還是按照艾契斯的指示，往前靠了一步。

認為大概是需要經過某種特別程序的真奧，坦率地走近艾契斯——

「喔、喔……喂！」

然而艾契斯卻突然閉上眼睛將臉湊了過來，害真奧連忙縮起身子。

「妳妳妳、妳想幹什麼！」

「幹什麼……就讓額頭互碰一下啊？」

艾契斯似乎是真的對真奧突然拉開距離感到驚訝。

雖然因為預測落空而鬆了一口氣，但真奧馬上就為自己居然做出這種想像而感到一股難以言喻的羞恥。

真奧重新戰戰兢兢地靠近艾契斯，後者也確實地固定住了他的臉。

「這次不准逃跑喔。」

「好啦。」

這個缺乏女人味、彷彿是要找人單挑的警告，稍微紓緩了真奧緊張的情緒。

艾契斯的額頭緩緩靠近。

然後便發出某道熟悉的光芒。

那是一道跟阿拉斯・拉瑪斯完全相同、屬於「基礎」碎片的紫色光芒。

果然艾契斯也跟她一樣。

「憑依……嗎？」

真奧才剛回想起艾契斯的話，兩人的額頭就已經貼在一起了。

「！」

就在此時，這次換艾契斯宛如被什麼東西燙到般，倏地跳離了真奧。

「怎、怎麼了……？」

難道是程序上發生了什麼問題嗎？

相較於不安的真奧，艾契斯則是露出真奧從來沒見過的驚愕表情，顫慄地說道：

「真、真奧……你……你……」

「喔、喔。」

艾契斯的額頭瞬間發出更加耀眼的光芒。

「……真奧，原來你是魔王啊！！」

「妳到底在說什麼啊？」

感覺就算吐槽也顯得很愚蠢。

雖然不知道是受到類似概念收發的力量影響，還是兩人額頭接觸時發動了什麼跟魔法有關的力量，但艾契斯似乎突然看穿了真奧的身分。

然而無法否認的是，少女的每一句指責，聽起來都實在是有點少根筋。

既然是「真奧」，那當然是「魔王」啊。

「事到如今，別為了這種事那麼認真地驚訝啦！真奧是魔王有什麼不好！念起來不是一樣嗎？」

「再稍微多下一點工夫啦！」

「我最不想被妳這麼說……唔哇！」

兩人還來不及認真討論完這無關緊要的驚人事實，艾契斯額頭的光芒就已經遍及了她的全身。

「啊啊……魔王，我居然委身於惡魔之王了……媽媽，對不起。我是個壞女兒。」

「拜託妳別鬧了，這樣聽起來好像我是另一種跟魔王完全無關、不同方面的壞人耶！」

不知道要將真奧誹謗中傷到什麼程度才滿意的艾契斯，突然暴發出一陣令人無法直視的耀眼光芒。

「唔哇！」

艾契斯化身為無數的光之粒子，而這些粒子的光芒在變得更強後，全都流向了真奧。

「呃，咦、咦？這該不會是？」

真奧除了對艾契斯的變化感到驚訝外，腦中也同時浮現出某個不好的預感。

這種被紫色光芒包圍的狀況，真奧總覺得自己最近已經看過類似的現象好幾次了。

不對，那是跟光芒被真奧吸收完全相反的現象，換句話說——

「……這不是跟阿拉斯・拉瑪斯從惠美身上現身時一模一樣嗎？」

雖然情況大概就是如此，不過在各方面似乎都已經太遲了。

在風壁的角落，一道紫色光柱以宛如劃破天際般的氣勢貫穿天空。

※

鈴乃的巨槌與利比科古凶惡的爪子正面交鋒，低沉的碰撞聲撼動著笹幡北高中。

千穗的眼睛完全跟不上雙方在空中展開的異次元戰鬥。

除此之外，千穗的視線也不時會飄向站在頂樓仰望空中那場戰鬥的漆原，以及位於漆原後方那扇通往頂樓、鎖已經被利比科古破壞的鐵門。

「不用那麼擔心沒關係，我的聖法氣還夠封印門啦。」

漆原發現千穗的視線後，像是為了讓她放心似的拍了幾下後面的鐵門。

「那、那就好……」

即使如此，千穗還是忍不住感到擔心。

畢竟漆原在各方面都非常符合「墮天使」這個詞，而且真要說的話，反而算是接近惡魔的存在。

然而現在他背上卻長出純白的羽翼，並擁有接近惠美與鈴乃的力量，這實在讓千穗驚訝不已。

恐怕是鈴乃將保力美達分給他了吧，不曉得漆原喝了那個會不會有事？

千穗能自己飲用的分量受到嚴格的限制。

原本應該是強大惡魔的蘆屋，只要喝了一瓶就會倒下。

而真奧也說過若攝取分量不上不下的聖法氣，只會為身體帶來傷害。

此時，或許是對漆原拍門的聲音產生反應，門的內側開始傳出聲音：

「是誰，有人在那裡嗎？快點把門打開！可惡！為什麼打不開啊！」

如今不但校內突然出現異形生物，學校周圍也被暴風雨所籠罩，但即使面臨這樣的異常狀況，還是有幾位堅強地適應了狀況的老師趕來了頂樓。

在鈴乃的指示下，現在整間高中裡的所有門窗，都已經被漆原的法術給封印了。

雖然這是為了避免萬一學生或老師跑出來外面、被戰鬥牽連所做的預防措施，不過光施術者是漆原這點，就已經夠讓千穗不安了。

「門的封印算是非常高階的法術，一般人是破不了的啦。」

儘管漆原會使用這種方便的法術也很令人驚訝，但千穗實在是無法理解為何會有這種法術存在。

「很多地方都用得到這種法術喔。雖然在日本生活可能很難體會，不過人類的王族或教會，可是經常對自己的寶物庫或聖堂使用這種法術，以避免讓其他閒雜人等進出呢。」

「……原、原來如此。」

千穗總算理解了這種法術的存在理由。

不過既然如此，那麼為什麼漆原會擁有這種技術，並且將其當成法術使用呢？

「不只是我而已，沙利葉跟加百列應該也會使用。這對上位天使而言是必須的法術，至少我們是這樣被教育的。」

「被這樣教育？」

雖然千穗因為瞬間感到一絲不協調感而疑惑地問道，但漆原在將視線移回天空後便沉默不語，因此千穗也只好無奈地往上看。

在兩人對話的這段期間內，即使穿著不易行動的和服，鈴乃依然迴避了所有的攻擊，就連千穗也看得出來，鈴乃在這場戰鬥中取得了壓倒性的優勢。

原本對千穗擺出高壓態度的利比科古，他的其中一隻爪子，在幾番交戰後也已經變得不堪使用。

千穗以前曾經旁觀過惠美與漆原的戰鬥，兩人交戰時的場面，真的就像奇幻電影那樣交互使出神奇的法術與力量，不過這次鈴乃與利比科古在千穗面前展開的戰鬥，反而比較偏向是貨真價實的肉搏戰。

而且身材嬌小的鈴乃揮舞著幾乎與自己身高相當的巨槌，單方面壓倒身材比自己還要大上好幾倍的惡魔的景象，看起來實在是非常爽快。

即使如此，就連千穗也能明顯看出鈴乃是在手下留情。

明明鈴乃好幾次都順利繞到了利比科古的背後，或是在短兵相接時取得了優勢，不過她依然沒給對方致命的一擊。

雖然在這裡聽不見，但看得出兩人偶爾會進行對話，或許鈴乃是在勸對方回去也不一定。

「……真奇怪。」

「咦？」

同樣在眺望這場空戰的漆原，首先提出了疑問。

「利比科古那傢伙的戰鬥方式，一點都不像馬勒布朗契。」

「那是什麼意思？」

「他的戰鬥方式太拙劣了。我想，他大概沒有使出全力。」

「該不會是因為他人在日本，所以無法使用太多魔力之類的……」

「如果是那樣，那他在被打得這麼慘之前，大可先將那誇張的暴風屏障解除，把節省下來的魔力拿來戰鬥吧，為什麼他不那麼做呢，此外……」

漆原說的沒錯。

無論怎麼看，現在包圍學校的暴風都是利比科古用他的力量造成的，若能將這些能量拿來對付鈴乃，他應該也不會像現在這樣被單方面壓制吧。

「還、還有什麼問題嗎……」

「我感到一股跟西里亞特當時相同的異樣感。為什麼那傢伙有辦法維持惡魔的形態呢？」

「呃……」

「現在的狀況跟我當時不一樣，並無法從周圍收集無盡的負面感情。更何況區區馬勒布朗契的頭目，不可能擁有像真奧那樣的魔力保持能力。然而即使他發動了那麼大規模的法術，卻還是能維持原形，這當中一定有鬼。」

「可、可是這樣下去不是很好嗎？如果對方能使出全力，那鈴乃小姐或許會有危險也不一定……」

雖然講這種話好像是在鼓勵惡魔一樣，不過若對方能這樣一直虛弱下去，應該正合千穗等人的心意才對。

「不，我想就算利比科古使出全力，應該也不是貝爾的對手。不過即使如此，至少不會讓戰況變得像現在這樣一面倒。這樣下去，真的會變成貝爾以壓倒性的優勢擊敗他。我真搞不懂，為什麼他要特地做這種麻煩的事情。」

「到底是為什麼呢……」

對了，雖然因為被利比科古的話迷惑而差點忘記，不過他可是特地用了「門」來到日本。實在難以想像他的目的，只是為了收集這種稀薄的負面感情。

卡米歐是為了找真奧，西里亞特是為了找聖劍，法爾法雷洛則是為了帶真奧與蘆屋回去。至今來到日本的惡魔們，全都在未能達成目的的情況下回去了，既然如此，那麼利比科古到底是為了什麼而來呢？

「而且我對艾米莉亞不在的這個狀況，也感到很介意。在我們來這裡之前，那傢伙有說過什麼奇怪的話嗎？」

「奇怪的話……」

無論怎麼想，最奇怪的應該都是千穗被迫練習利比科古名字發音的事情——

「這麼說來……他明明說惡魔們比較喜歡這種能收集魔力的任務……」

千穗在腦中反覆回想十幾分鐘前的對話。

利比科古有說過自己來這裡幹什麼嗎？

「可是卻沒打算在這裡進行大量虐殺。只是要來這裡淺顯易懂地大鬧一場……我記得他的

確有說過這些話。不過，實際上他也的確製造了很誇張的閃電……」

「妳說的閃電，是在我們進來前出現的那個嗎？」

「咦？咦咦？」

「雖然那道閃電看起來不怎麼樣。」

「咦？」

「只有兩三道像是漏電般的閃電，打在附近民宅的天線或公寓的避雷針上而已喔？」

「我說的不只是那樣喔？我記得空中的確有出現讓人睜不開眼睛的閃電……」

即使如此，附近的民宅還是沒有發生千穗與利比科古預料的損害。

千穗原本以為那是因為日本針對落雷有非常進步的對策——

「大概是幻覺魔法吧？那可是馬勒布朗契的得意伎倆喔。」

「幻、幻覺？」

「因為他們在南大陸時，也曾經卑鄙地利用屍靈術跟幻覺魔法，製造出大量沒有實體的殭屍跟幽靈，然後趁人類感到動搖時展開攻擊，所以他大概是只讓妳一個人看見打雷的幻覺吧？若實際上真的要放出那種雷擊，不曉得要耗費多少魔力呢。」

「……」

「不過如妳所見，這個暴風之壁是貨真價實的，明明是馬勒布朗契卻有辦法操作天候，這已經稱得上非常了不起了。看來他在那些頭目裡，應該算是老將了。不過除了在一族中也特別出類拔萃的馬納果達以外，大部分的馬勒布朗契都是像西里亞特那樣的肉體派。雖然我想妳一看就知道了，不過他們幾乎都沒使用過像我這樣的魔法對吧？唉，雖然也可能單純只是為了節約魔力，但如果是這樣，那我就更無法理解為什麼他還不停止操作天氣了。」

「這、這麼說來……」

儘管對漆原難得展現出來的洞察力感到敬佩，但千穗還是因為無法找出答案而困惑不已。

「淺顯易懂地大鬧一場啊……不過，他到底是想轉移我們對什麼東西的注意力呢？」

「漆原先生？」

「……啊。」

千穗因為漆原的聲音而再度望向上空。

此時鈴乃正對著利比科古門戶大開的背全力揮下巨槌，將他擊落到學校的頂樓。

「喝啊！」

鈴乃一鼓作氣地以一支全壘打級的穿越安打，讓利比科古的身體像隕石般開始往下墜落。

「危險！」

剛好在墜落地點正下方的漆原因此舉起雙手——

『唔喔……！』

讓利比科古與其呻吟聲一起停止在空中。

若直接讓利比科古掉在舊校舍的頂樓，或許會導致建築物崩塌也不一定。所以應該是漆原以某種法術將他擋了下來吧。

「喂，馬勒布朗契的頭目。那女人可是還沒使出全力呢。雖然我不知道你在隱瞞什麼，但這樣下去可是會死人的喔？」

『唔……唔……』

不知道是因為原本就沒打算開口，還是因為傷勢過重無法說話，停在漆原手上的利比科古僅微微發出呻吟。

「哼，沒嘴巴上說得那麼了不起嘛。」

另一方面，鈴乃則是輕輕地在頂樓著地。

她一面甩掉巨槌上面的血，一面緩緩走近利比科古。

「好了，你也差不多該解放這間學校了吧？不然我到最後也只能選擇取你性命了。可以的話，我並不想那麼做。」

『……想殺就殺啊。妳是人類吧？』

利比科古痛苦地以嘶啞的聲音說道，但鈴乃搖頭回答：

「我已經不想再因為對方是惡魔或異端者之類的理由，奪取他人的性命了。」

「鈴乃小姐……」

「快解除這個暴風之壁的法術，你應該還能再跟我稍微對等地戰鬥才對，然而你不但沒那麼做，還再三無視我的警告。想必你應該還隱藏了其他的目的對吧？」

『……』

看來鈴乃也跟漆原一樣發現利比科古的戰鬥方式有些不自然了。

「在能明確判斷你對人類或世界造成危害之前，我都不會殺你。我在日本學會了靈活的思考。我的對手只有『為惡的敵人』。我已經受夠了僅因為『人種』不同，就互相殘殺了。」

『唔……唔唔……要是因為這樣而害一切都晚了一步，妳可是會後悔的喔。』

「比起因為不相信而後悔，我寧願等被人背叛後再來後悔。我最近的人際關係在各方面都有點複雜。我可不想在殺掉對方後，才因為發現敵人那邊也有道理而感到煩惱。」

隨著被雨淋溼的頭髮在太陽底下閃閃發光，鈴乃如此說道。

「而且就算慢了別人一步，我的同伴們也沒軟弱到會讓事情變得無可挽回的地步。」

說完後，鈴乃將巨槌變回髮簪收進懷裡。

反正頭髮還沒乾，應該也沒辦法固定吧。

「……千穗小姐，我說的沒錯吧？」

鈴乃回頭徵求千穗的同意，讓千穗驚訝不已。

不對，其實千穗知道鈴乃所說的「同伴」是在指誰。應該說，雖然千穗一直都希望鈴乃能這麼認為，但她從來沒想到能直接從鈴乃口中聽見這種話。

「沒、沒錯，就是這樣沒錯！」

沒來由地感到開心起來的千穗，忍不住握緊自己的手跳了起來。

「……這是怎樣……」

雖然就連漆原這位意外會看氣氛的男人，也大致能理解兩人想表達的意思，不過他既非那種能夠坦率接受的性格，也懶得潑她們的冷水。

「那麼，關於周圍這道暴風之壁要怎麼……」

就在漆原打算繼續讓話題接下去時，一道光芒瞬間籠罩了他的視野。

「哇？」

「怎麼了？」

「咦？」

漆原、鈴乃以及千穗依序抬頭望向天空。

陽光突然灑向三人所在的頂樓。

位於暴風之壁內側的風雨像是為了避開學校般停歇，太陽也從遙遠的晴朗高空探出頭來。

「……你做了什麼？」

漆原皺起眉頭向利比科古問道。
這無論怎麼想都不是自然現象。證據就是包圍學校的暴風之壁依然維持原狀。
『……』
然而利比科古沒有回答。緊盯著他的鈴乃搖頭說道：
「真令人不痛快。到底發生什麼事了？」
板起臉仰望上空的太陽後，漆原因為那耀眼的光芒而皺起眉頭，並伸手打算遮住陽光。
從開了洞的風雨中俯瞰地面的太陽，宛如一隻詭異的巨大眼睛。
「嗯？」
漆原從中發現了幾個彷彿黏在太陽上的灰塵般細小的黑點。
「怎麼回事？太陽裡面好像有……」
那些細小的影子逐漸變大。
「唔！」
漆原露出一年難得只會有幾次的認真表情睜大眼睛，將原本撐住的利比科古隨手一丟後，便以猛烈的速度跳向鈴乃與千穗身邊。
「什麼……？」
「漆原……？」

鈴乃與千穗都因為漆原突然的舉動而感到震驚，不過在她們提出疑問之前——

「呼！」

漆原一口氣展開的白色翅膀發出光芒。

「「！！」」

面對眼前的景象，鈴乃與千穗只能倒抽一口氣。

從太陽光中突然落下一道看似光線的灼熱火焰，朝鈴乃與千穗的方向逼近。

「路西菲爾！！！！」

而漆原擋下了那道火焰。

就像之前接住利比科古時一樣，漆原伸向前方的手臂將火焰擋在距離手掌只有幾公分的地方，保護背後的千穗與鈴乃。

然而那道火焰的威力又是如何呢？

即使漆原展開白色的羽翼讓全身發出光芒，並將所有的力量都用在防禦上面，超越那股力量的熱風依然劇烈地晃動著鈴乃與千穗的頭髮。

「唔，啊，可惡……！那傢伙到底在想什麼啊！」

不顧額頭正浮出斗大的汗珠與血管，漆原大喊：

「貝爾！快帶佐佐木千穗逃跑！我撐不住了！」

「千穗小姐，抓住我！」

鈴乃沒等千穗回答便抱住了她的腰，並以幾乎要讓後者昏厥的氣勢跳離頂樓。

「唔……呃！」

被人抱上空中的千穗感覺胃裡的東西彷彿即將逆流而出，此外她在滲出淚水的視野角落，看見了某個景象。

連接頂樓與校內的門扭曲了。

照理說被漆原用法術封鎖、以鋼鐵製成的門居然扭曲了。

在見識到火焰的威力後，千穗開始擔心起抵擋火焰的漆原是否平安無事。

留下來抵禦宛如由巨大火焰發射器放射出來的火線、漆原嬌小的身影在熱氣中扭曲變形。

「這、這到底是怎麼回事？」

鈴乃在好不容易退避到熱氣無法抵達的高度後放慢了速度，但即使來到這裡，還是無法確認火焰的發射來源。

「鈴乃小姐！漆原先生他！」

「我不知道！不過姑且不論我，千穗小姐若現在下去一定會被燒死！」

「怎麼會……！」

千穗發出呻吟，但情況依然逐漸惡化。

在距離火焰有段距離的地方，聳立著一道巨大的身影。

被漆原丟出去的利比科古重新復活了。

「鈴乃小姐，那裡！」

「我知道！千穗小姐，我要降落到校園囉！」

希望盡可能讓千穗遠離危險的鈴乃無視火焰與漆原，開始往地上移動。

「你、你們是！」

然而卻有人在空中擋住了她的去路。

鈴乃直到剛才為止，都還在與突然現身日本的惡魔利比科古戰鬥，因此眼前的對手實在令她難以置信。

「不、不會吧！」

被鈴乃抱著的千穗一看見鈴乃的敵人，馬上便感到絕望。

「給我從那裡讓開！天兵大隊！」

鈴乃發出怒吼，但敵人依然文風不動。

五名天兵大隊將鈴乃包圍，不讓她降落地面。

「難、難不成又是加百列先生？」

天兵大隊是隸屬於天使的軍隊。

雖然他們至今已經好幾次與大天使加百列一同出現在日本，不過鈴乃依然低聲念道：

「他們的武裝不同……加百列的部下，應該打扮得更隨便才對。」

眼前的五位天兵都穿著沉重的紅色全副鎧甲，並攜帶著規格統一、以黑色金屬製成的三叉槍。

加百列的天兵們所裝備的武器既不統一又粗製濫造，跟這些人從外表就完全不同。

在場的所有天兵都將三叉槍的前端指向鈴乃與千穗。

既然做出了威嚇的舉動，就表示不用擔心他們會立下殺手，但光是這樣就已經足以讓鈴乃感到焦躁。

馬勒布朗契的頭目與天兵大隊居然出現在相同的地方，這絕對不可能是偶然。

這明顯指向一件事實。

「你們……你們真的……」

鈴乃的聲音裡，甚至參雜著悔恨。

儘管至今依然不曉得這些人的目的。

不過她再也無法逃避現實了。

在東大陸暗中活躍的惡魔勢力，背後有天界與天使們的援助。

雖然理由不明且令人難以置信，但也只剩下這個可能性了。

「鈴乃小姐……」

「千穗小姐，別動。可惡，我明明早就下定決心，無論發生什麼事都不會動搖……」

雖然被抱著的千穗看不見，不過鈴乃的聲音裡參雜了悔恨與淚水的氣息。

「黑鐵的三叉槍與紅色鎧甲，鐵與紅色。臭路西菲爾，說什麼他還不會行動。」

鈴乃像是為了鞭策目前正在校舍頂樓被火焰淹沒的漆原般口出惡言。

「大天使卡邁爾！你到底想幹什麼！」

天兵們在這個瞬間，突然變得殺氣騰騰。

從這個反應來看，很明顯他們的主人正如鈴乃所推測的一樣。

雖然應該不可能是因為聽見了鈴乃的聲音——

「鈴、鈴乃小姐！」

像是為了抵銷千穗的叫喊般，襲向漆原的火焰變得更加旺盛——

「唔嘎啊啊！」

在千穗、鈴乃以及天兵們俯瞰的校舍頂樓上，一道嬌小的身影被閃光與爆風炸飛到幾近校舍的邊緣。

「漆原先生！漆原先生！」

即使不認為對方聽得見，但千穗還是忍不住大聲呼喊。

事情到這裡還沒結束。

利比科古拖著滿目瘡痍的身體，開始走向漆原倒下的地方。

千穗的呼吸因為恐懼而暫停。

好不容易鈴乃才往千穗的理想踏出了一步。

並承認身為惡魔的漆原、蘆屋以及真奧是她的同伴。

難道他們又要突然因為莫名其妙的事情而受傷，害得所有人因此分開嗎？

「唔！」

千穗用盈滿淚水的眼睛，看向更高的空中。

如今，她已經能夠看清楚將漆原炸飛者的身影。

那人身穿與天兵們相同的紅色全副鎧甲，而且儘管不像利比科古那麼誇張，但還是擁有足以和加百列比擬的高大魁梧身軀。

「沒想到……你居然會配合這種鬧劇……」

耗光了所有的聖法氣、恢復成看起來真的一文不值的家庭不良債券的漆原，即使依然悽慘地倒在地上，還是勉強望向空中。

「我真怕晚點會被貝爾跟佐佐木千穗問罪呢。畢竟我之前都斷言你不會行動了。」

「……」

漆原說話的對象不但全身穿戴鎧甲，就連臉上都戴著全罩式的鐵面具，這副外表與其說是天使，看起來更像是一名威猛的將軍。

「……卡邁爾，到底是發生了什麼事，讓你改變了主意？」

大天使卡邁爾無視漆原的話，看向利比科古並對他輕輕努了努下巴。

『……嘖』

儘管咋了一下舌，利比科古還是乖乖地遵從「指示」。

以為對方要對自己不利的漆原硬是展開受傷的翅膀，然而利比科古卻無視漆原，筆直地飛向鈴乃與千穗。

『抱歉啦，小螞蟻。』

遭到天兵牽制的鈴乃目前動彈不得。

而利比科古也一改最初面對千穗時的態度，尷尬地對正被鈴乃抱著的千穗說道：

『交出來。妳應該知道我在說什麼吧？』

千穗凝視著利比科古爪子被打碎的惡魔之掌。

『妳身上有「基礎」的碎片吧。我們拿了那個東西就會離開。快點交出來。』

千穗忍不住將手伸向制服的口袋——

「千穗小姐，別交給他！」

但馬上又因為鈴乃的呼喊而縮起身子。

「絕對不能再讓他們得到質點了！快回想起加百列跟拉貴爾所做的那些事啊！」

「可、可是鈴乃小姐跟漆原先生……」

『別虛張聲勢了。就憑現在的妳，又能怎麼樣？』

「……要是真有什麼萬一，我就把千穗小姐的碎片搶來吞下去！」

『妳以為我們惡魔會對解體人類感到猶豫嗎？』

鈴乃與利比科古殺氣騰騰地圍繞著千穗爭論。

「即使如此，也總比乖乖把碎片交給你要好得多了！」

就連鈴乃凜然的聲音，在此時也根本派不上用場。

唯一傳進鈴乃與千穗兩人耳裡的，是冷酷的一句話。

『……她都這麼說了。』

這句話並不是對著大喊的鈴乃所說。

「唔呃！」

「鈴、鈴乃小姐！」

千穗全身感覺到一陣沉重的晃動。

與此同時，傳來了鈴乃溼潤的呻吟。

「唔？」

千穗在視野角落看見了一副不得了的景象。

天兵們用長槍筆直地刺向鈴乃的腹部。

「鈴乃小姐！！！」

天兵突然展開的暴行讓千穗發出慘叫，不過接著她馬上就在巨大的慣性作用下遠離眼前的利比科古。

鈴乃在空中往後面縱身一躍。

「鈴、鈴乃小姐？」

「不用擔心……只是槍柄，咳！」

鈴乃的聲音雖然痛苦，但依然十分清晰。

「槍、槍柄？」

雖然鈴乃指的是長槍握把的部分，但即便是在這種緊急狀況，對武器不熟悉的千穗腦裡還是只想得到香菇（註：日文中的槍柄與香菇發音接近）這個字眼。

「哇哇！」

然而千穗馬上便失去了思考的餘裕。

紅色的天兵們這次真的紛紛揮動槍尖，殺向鈴乃。

「可……可惡啊啊啊啊啊啊！」

鈴乃發出不符合聖職者風格的怒吼，以巨槌架開蜂擁而來的槍尖，在空中反覆漂浮閃躲後，才好不容易與五位天兵拉開距離。

不過與加百列的天兵相比，這次的對手明顯訓練有素得多了。

他們有系統地與鈴乃展開空中纏鬥，一人集中攻擊鈴乃的背後、一人瞄準明顯是弱點的千穗、一人為了不讓鈴乃著地而持續從下方施加壓力。

更何況即使順利甩開這五人，漆原也已經站不起來了，遑論後面還有利比科古與卡邁爾在等待。

「鈴、鈴乃小姐！妳、妳不用管我！」

被以超越人類的動作在空中甩來甩去的千穗，光是小心別咬到舌頭就已經竭盡了全力。

「就、就算受一點傷也沒關係！把、把我扔到屋頂……少了我這個累贅，應該，會比較好戰鬥。」

「給我閉嘴！」

鈴乃以精妙絕倫的技巧在空中躲過三把槍的槍尖，同時放聲大吼：

「他們的目標不是我，是千穗小姐！若現在把千穗小姐放開，才真的會讓事情變得無可挽回！唔！」

才剛說完，鈴乃的腳便被從別的方向出現的天兵之槍擦到。

「鈴乃小姐！」

「可、可惡！千穗小姐，把眼睛閉上！」

沒等千穗回答，鈴乃便在口中念念有詞，將巨槌指向眼前的天兵大聲喊道：

「光波瞬閃！」

此時巨槌的前端發出宛如太陽般的強烈光芒，讓阻擋在鈴乃正面的天兵為之目眩。

「給我讓開啊啊啊啊啊！」

鈴乃沒有放過這個破綻，瞄準天兵的太陽穴用力揮下巨槌。

隨著一股沉重的手感，敵人的氣息也跟著從正面消失。

「要走囉，千穗小姐！請妳一定要堅持住！」

總之必須先逃離學校才行。

這樣下去遲早會連累學校的人。雖然漆原的封印術尚未解除，不過卡邁爾在破壞學校頂樓時絲毫沒有手下留情。

姑且不論千穗一個人，光靠鈴乃實在無法獨力保護校內包括教職員與學生在內的數百人。

雖然鈴乃並沒有遺忘漆原，不過當務之急是避免千穗與「基礎」碎片落入敵人的手中。就在鈴乃準備以幾乎足以讓千穗昏厥的氣勢飛離現場時，從尚未消退的閃光中傳來一道令人絕望的聲音。

『不好意思。幻術對馬勒布朗契是沒用的。』

「唔？」

從純白光芒中出現的龐大身影，正是利比科古。

利比科古剩下的爪子突然出現在鈴乃的眼前，讓後者根本無從閃躲。

雖然鈴乃揮舞巨槌打算粉碎阻擋自己去路的爪子，但這個舉動同時也讓她衝刺的勁頭因此減弱。

「呃啊啊啊！」

因為即使閉上眼睛依然難以抵擋的閃光與強烈的重力負荷，而差點失去意識的千穗，這次真的因為臉上傳來溫暖液體的觸感，而完全失去了思考的能力。

這段時間應該只有短短幾秒。

然而千穗在鈴乃製造的閃光消退，並逐漸恢復視線、意識與感覺後的那一瞬間所看見的景象——

「唔唔唔唔！！！」

讓千穗發出不成聲的慘叫，用力扭動身軀。

即使如此，她的身體還是無法動彈——因為有人限制了她的行動。

現在抱著千穗的人並非鈴乃，而是利比科古。

而直到剛才都還在拚命想讓千穗逃跑的鈴乃——

『……居然讓我們費了這麼多工夫……』

則是在利比科古的面前，全身是血地倒在頂樓正中央。

「鈴、鈴乃小姐，鈴乃小姐！」

就連千穗也看得出來鈴乃的肩膀嚴重地裂開，從和服下襬露出的腿上也有著極深的裂傷，正不斷地流出血來。

更令人慘不忍睹的是，鈴乃摘下髮簪的頭髮與和服不但宛如被血玷汙的花朵般攤在水泥地上，天兵們還像是為了將她固定在地面上般，用長槍將鈴乃的和服釘在堅硬的地面上。

被鈴乃當成武器使用的巨槌掉在倒地的她手邊，並恢復成不具備任何力量的髮飾。

「啊……呃，千、千穗小姐，唔……」

即使如此，鈴乃還是邊發出呻吟邊將手伸向千穗。

「鈴乃小姐……唔嗯！」

雖然千穗也拚命地伸出手，但利比科古當然不會讓她如意。

不只如此，利比科古還直接踢開了鈴乃伸出的手，憐憫地俯瞰鈴乃。

『為什麼要反抗到這種程度。妳不是大法神教會的聖職者嗎？那個人跟那些傢伙全都是天

使，是你們所崇敬的神之使徒喔？就算反抗他們，對妳也完全沒有任何好處吧？』

鈴乃一面按捺疼痛，一面以沾染鮮血的臉龐抬頭瞪向利比科古：

「會做出……這種惡行的天使，就算送我，我也不要！我所崇拜的只有能將人世導向安寧與正義的，正確信仰而已！」

鈴乃愈是叫喊，從傷口裡流出的鮮血就愈多。

千穗顫抖著說不出話來。

「像那種與惡徒聯手加害世人、擾亂世間的傢伙，哪能稱得上是天使！」

『很好。雖然我不討厭像妳這種擁有堅定信念的戰士，但這次我也無可奈何。』

天兵們像是說好了般的走近利比科古。

『喂，小螞蟻，我不會害妳的，快點把東西交出來吧。』

利比科古的忠告完全無法傳入千穗耳中。

因為她的感覺早就已經麻痺了。

「聽我說……咳……千穗小姐，絕對，不能交給他們……」

「鈴、鈴乃……」

『我不是說過不會害妳了嗎？不然晚點發生什麼事，我可不管喔。』

在這絕望的狀況下，利比科古與天兵們正逐漸逼近千穗與鈴乃。

那是以天使的姿態，所伸出的魔掌。

※

「這到底……到底是怎麼回事啊！」
笹塚的角落響起了梨香的叫喊聲。
逐漸增強的雨勢，打溼了Villa・Rosa笹塚的前庭。
梨香眼前是一群打扮奇特的陌生人物。握在她手上的手機，不知為何顯示收不到訊號。
此外——
「蘆屋先生！諾爾德先生！」
梨香趴在被雨淋濕的泥土上，蘆屋與諾爾德則是負傷倒在她面前。
「這是怎麼回事！你們到底是誰！」
處於混亂狀態、陷入恐慌的梨香，扔掉了派不上用場的手機。
手機在撞上了當著梨香的面、打倒蘆屋與諾爾德的高大男子胸口後，便掉進了水窪中。
「真失敗。在意外發現諾爾德時，我本來還以為自己走運了呢。」
在這個奇裝異服的集團中、唯一一位打扮得像古代希臘雕像的高大男子，像是打從心底覺得困擾似的聳肩。
「沒想到這裡居然會有普通的日本人在……這下該怎麼辦才好呢？」
男子一面為難地說著，一面緩緩走近梨香。
「啊、啊……」
然而梨香卻害怕得完全無法動彈。
這也難怪。
光是面對穿著造形奇特的全身鎧甲、全副武裝的集團就已經夠恐怖了，梨香還親眼看見蘆屋與諾爾德這兩位健壯的男性被人瞬間打倒。
對純粹的暴力完全沒有免疫力的梨香，全身都因為恐懼而動彈不得。
「唉，我可沒有嚇壞女孩子的興趣……那個，希望妳能夠理解，我們完全沒有加害妳的意思……」
「別、別過來，別過來啦！救命，救命啊，蘆屋先生！」
「……我到底是被她當成什麼人啦……我又不是強盜，好痛！」
庭院裡的石頭也好，其他東西也好，雖然梨香硬是將手邊的東西全都丟了出去，但對情況還是一點幫助也沒有。
「唉，雖然這個狀況的確是百口莫辯。對不起啦，隨妳要哭還是要鬧都行，不過再稍微忍

耐一下吧。喂！」

也不曉得高大男子對背後的集團下達了什麼指示，從那群人裡走出四名打扮奇特的騎士。

「等……等等，你們想幹什麼……」

騎士們將倒在地上動也不動的蘆屋與諾爾德扛了起來。

「你們……想把他們帶去哪裡……」

「帶去？不對，我是要帶他們回原本的場所。」

「原本的，場所？」

「唉，妳不用在意沒關係啦。啊，就算找警察也沒用喔。那些人根本就抓不到我們。嗯，妳就當成是遇到了交通事故，就此放棄吧。」

「唔！」

「呃，咦？」

直到剛才為止都還因為懼怕男子而動彈不得的梨香，突然一股作氣地起身抓住抱起蘆屋的奇特裝束騎士。

「？」

騎士們也因為梨香出乎預料的舉動而感到動搖。

「你、你們想把他們帶去哪裡！」

「（…………！）」

「別說些莫名其妙的話！快把蘆屋先生還來！還給我啦！」

「等、等等，小姐！別嚇人啦，快點住手。」

「啊！」

騎士揮手想甩掉糾纏不清的梨香。

輕易地被推開的梨香，臉就這樣直接撞上了水窪。

「啊，喂，等一下！」

此時男子突然慌了起來。

推開梨香的騎士，為了讓梨香放開蘆屋而拔出長劍。

「住手，笨蛋！別做些多餘的事情！」

雖然高大男子企圖制止，但距離怎麼看都來不及。

梨香維持倒地不起的狀態將臉轉了過來後，便看見了若單純生活在日本絕對沒機會遇上的凶器、殺氣，以及自己的性命即將消失的瞬間。

「唔！」

梨香就連害怕的時間都沒有。

邊彈開雨水邊往下揮的銀色軌跡，看起來莫名地緩慢，然後——

去。

「給我滾開啊啊啊啊啊啊！」

隨著突然傳來一道震撼大氣的呼喊，原本準備對梨香揮劍的騎士便宛如橡皮球般往旁邊彈去。

「？」

「咦？」

這下不只是梨香，就連高大男子也嚇了一跳。

水平往旁邊飛出去的騎士，在發出一道沉重碰撞聲的同時——

「唔！」

整個人像隻青蛙般的撞上了包圍Villa・Rosa笹塚的水泥圍牆，然後緩緩倒向地面。

「什……」

最初映入梨香眼中的，是一隻穿著平底膠鞋的腳。

而順著那隻腳往回看後，便會發現一件擺出了標準踢腿動作的牛仔褲。

黑色的襯衫、經常日曬的褐色肌膚，以及黑色的馬尾。

「……妳是誰？是怎麼『進來』這裡的？」

原本態度輕薄的男子，露出參雜了焦躁與驚訝的表情。

「你問我是怎麼進來的？」

來人宛如功夫電影般將踢出的腳直接抬高到頭上，再優雅地放下來後，梨香才發現那是一位陌生的女性。

「難道進入自己的地盤，還需要得到外人的允許嗎？」

女子露出冷酷的笑容，像是受到她的刺激般，打扮奇特的騎士們一同拔劍指向她。

這次高大男子並沒有阻止騎士們。然而儘管同時被數十名騎士拔劍相向，褐色肌膚的女子看起來依然沒有打算行動。

「要是敢亂來，可是會死的喔？就算是奇妙的小哥你也不例外。」

「……口氣還真大呢。妳到底是什麼人？」

「因為我不認識這位小姐跟那邊那位大叔，所以硬要說的話……」

女子看了至今依然被騎士抓住的蘆屋一眼後，苦笑地說道：

「應該算是蘆屋老弟的前雇主吧。」

※

透過被血染紅的視野，鈴乃絕望地看著千穗被交到天兵們的手裡。

儘管試圖阻止，但鈴乃的身體依然動彈不得，只能屈服於肩膀與腳傳來的劇痛發出呻吟。

就在天兵們的手即將抓住千穗的瞬間，從暴風之壁的對面爆發出一道甚至凌駕陽光的紫色光芒。

『怎、怎麼了？』

「……？」

不只是利比科古與鈴乃，恐怕就連卡邁爾也一起望向了那道光源。

地點是在笹幡北高中的正門外。

『唔！』

利比科古發出警戒的聲音。

暴風之壁的力道突然急速地減弱。

原本阻隔了學校內外的圓形風壁，邊界逐漸變得模糊不清，過不久便開始扭曲變形，隨著風雨的力量分散，風壁也跟著粉碎。

瞬間被迫恢復平衡的氣壓差產生的強風，讓天兵大隊們一時亂了陣腳。

就在此時，一道宛如流星的紫色閃光穿過了校園。

在現場所有人發現那道光的瞬間，至今用來形成障壁的暴風才化為猛烈的聲音與強風，緊追在光芒後方。

『嗯……？』

利比科古雖然因為通過自己身旁的光與暴風疑惑了一下，但馬上就發現自己的手臂突然莫名地變輕。不對，並非變輕，而是整隻手臂——

『唔啊啊啊啊啊啊啊啊啊？』

利比科古在發現原本抱著嬌小人類的手臂，居然從肩膀以下完全消失後發出慘叫。

他按住在意識到疼痛的同時噴出鮮血的傷口，跪倒在地。

『啊？』

然後他才發現原本倒在自己腳邊的另一位人類，居然也跟著消失了。

之前用來將那個人類釘在地面的五把黑鐵之槍，像被亂刀切過的蔬菜般碎裂一地，喪失武器的外形。

本來在上空俯瞰鈴乃的天兵大隊們也因為一時無法掌握狀況，只能跟著光芒尾端與暴風之箭的軌跡轉身察看。

像是為了將被卡邁爾的火焰彈飛的漆原守護在背後般，那裡站了一位異形的魔物。

那位魔物擁有人類的臉孔與軀體，以及屬於惡魔的四肢與兩支角，其中一支還維持著被折斷的樣子。

「啊……啊……」

即便現在抱著自己的跟剛才一樣是異形的惡魔手臂，但從中傳來的安心感，還是讓千穗忍不住流下了眼淚。

無論何時都會來解救千穗危機的英雄。

真奧貞夫，正抱著千穗與鈴乃站在那裡。

那並非他平常的魔王形態。

不但身高跟平常的真奧差不多，而且就算毫無防備地站在他身邊，也不會感到呼吸困難。

只不過從UNI×LO的袖子跟衣襬露出的四肢與角，毫無疑問是屬於惡魔的身體。

「真……真奧……哥……」

「抱歉，因為距離有點遠，所以我來晚了。」

雖然真奧依然緊盯著利比科古與天兵大隊，但還是以強而有力的聲音回答千穗。

「……嗯……嗚……」

千穗點頭回應，而她原本被雨淋溼的臉龐，又再度被淚水蓋了過去。

「妳沒受傷吧？」

「是的……因為漆原先生，跟鈴乃小姐，保護了我……！」

「這樣啊。」

真奧溫柔地點頭後，將注意力移向鈴乃，不過在真奧開口之前——

「魔王，你真的……很慢耶……」

被真奧用另一隻手抱住的鈴乃，在因疼痛而模糊的視野中發現真奧後罵道。

用左手抱著千穗、右手抱著鈴乃的真奧，緩緩將兩人放到頂樓上。

「話雖如此，我可是十萬火急地趕來呢。」

真奧因為鈴乃毫不留情的抱怨而露出苦笑。

「看在我勉強趕到的分上，妳就原諒我吧。主角本來就應該要在千鈞一髮的那一刻瀟灑地現身啊。」

的確直到剛才為止，一行人都還處在漆原與鈴乃接連倒下、千穗陷入危機，而且敵眾我寡的壓倒性不利狀態。

一想起這件事，鈴乃便不自覺地笑道：

「……像這種事，應該要，交給勇者做才對。魔王，湊什麼熱鬧啊……哈哈……唔呃！」

然而話才說到一半，鈴乃馬上便因為傷口感到疼痛而皺起了眉頭。

即使遍體鱗傷、全身是血，兩人與漆原依然勉強活了下來。

「妳應該，不會就這樣死掉吧？」

真奧頭也不回地直接朝背後問道，鈴乃也輕輕點頭回應。

一感到放心……一因為真奧趕來而感到放心，鈴乃的傷口便開始劇烈地疼痛起來。

「因為，痛得要死。所以，不用擔心。」

真奧維持看向前方的姿勢點頭回答：

「好，撐到現在，真是辛苦你們了。剩下的就交給我吧。」

空中是大天使，眼前是馬勒布朗契的頭目，此外還有五名天兵。

即使再加上背後傷痕累累的鈴乃、漆原以及無法戰鬥的千穗，真奧從容的態度依然毫不動搖。

單從外表來看，現在的真奧不但赤手空拳，就連魔王形態的變身也不完全，感覺不到特別的魔力。

然而——

「……嗯。」

在他背後的鈴乃，還是絲毫沒有感到不安。

可以將一切全都託付給這個背影，鈴乃心裡懷抱著這種確信。

「好了……雖然我還搞不太清楚狀況，不過你們真是了不起呢。上次被打倒三名大元帥，已經是惠美那時候的事情了。」

『你、你這傢伙……』

真奧悠然地空著手，走到失去一隻手臂並跪倒在地的利比科古面前。

『居然，把本大爺的手臂！』

或許是因為瞧不起外表半人半魔又感覺不到魔力的真奧，利比科古激動地喊道。

然而真奧在將惡魔的右手伸到利比科古面前後，便露出了無畏的笑容。

「區區馬勒布朗契的頭目，居然敢用這麼囂張的口氣對我說話，嗯？」

真奧笑著伸出的手掌中，閃耀著紫色的光芒。

「嗯……」

儘管並未傳入任何人的耳裡，但卡邁爾首次從鐵面具背後發出聲音。

紫色的光芒從手掌延伸到手臂，過不久便籠罩真奧的全身。

鈴乃在目睹這個現象後驚訝地說道：

「這不是……魔力……？」

雖然並不完全、但還是展現出惡魔形態並使用某種超常力量的真奧身上，完全感覺不到任何魔力。

理所當然地，鈴乃也感覺不到聖法氣，不過光是待在真奧旁邊，那股充滿壓迫感的純粹「力量」所產生的波動，便刺激著鈴乃的聖法氣。

鈴乃以前也曾經在某處見識過相同的力量。

「真奧哥？」

此時，千穗也發出了微弱但清晰的聲音。看來千穗也察覺真奧引發的現象跟至今為止的不

同。

鈴乃移動視線瞄了千穗一眼後，才總算回想起來。

沒錯，雖然只有一次，但鈴乃曾經跟千穗一起看過這種力量。

在距離笹塚遙遠的東方之地——位於千葉市銚子市，日本最早承受到太陽恩惠的聖域——犬吠埼。

「好了，不曉得在你們之中有沒有人像惠美那樣，擁有賭命與我一戰的覺悟？」

真奧將壓倒性的「力量」凝聚在右手後，用力揮了一下。

「聖劍……『進化聖劍・單翼』……！」

利比科古、天兵大隊、卡邁爾以及鈴乃，一同喊出了那把劍的名字。

出現在真奧右手的那把劍，擁有跟勇者艾米莉亞的「進化聖劍・單翼」一模一樣的外表。

※

「關於你們對這位小姐做出的無禮舉動，我已經讓倒在那裡的那些傢伙付出了代價，只要你們願意就此撤退，那我也不會再多說些什麼。不過……」

褐色皮膚的女子無視高大男子散發出來的危險氣息，以及身穿異服的騎士們的殺氣，往前踏出了一步。

「……那是什麼？」

不知不覺間，女子的腳邊似乎竄出了某種東西。

那些讓煙雨霏霏的笹塚街道變得更加朦朧，將此地與世界隔絕開來的物體——

「是霧……？」

「要是有外來者在這裡隨便撒野，那站在我的立場，實在不能坐視不管呢。」

「唔！」

那是純粹的壓力。

女子對高大男子投以銳利的眼神。光是這樣的舉動，那股既非魔力亦非聖法氣的力量便貫穿了男子。

「無論你們的世界最後做出了什麼結論，那都是你們的問題。不過這邊的事情可是早就已經解決了。要是你們敢來擅自從旁干涉……！」

女子像是為了鼓起幹勁般銳利地吐氣並往前踏出一步，讓眼前的水窪濺起了水花。

「我們可不會坐視不管喔！」

女子光憑氣勢就壓倒了身穿異服的騎士們，令他們為之踉蹌。

「……？」

看在全身被泥巴弄髒的梨香眼裡，實在無法理解明明什麼都沒發生，為何那些騎士們會害怕地退縮。

雖說能夠確定這位女子是來解救自己，不過梨香實在不認為區區一名女子有辦法對付這樣的人數。

然而情況卻往意料之外的方向發展。

「ＯＫ，我們這就離開。看來反抗妳並非上策呢。」

高大男子表現出投降的態度。

「不過我們在這邊也有非做不可的事情。這兩個人，可以讓我們帶回去吧？」

「等、等一下？」

梨香慌張地喊道。

男子所說的「這兩個人」，毫無疑問地是指惠美的父親諾爾德與蘆屋。

「雖然就算我使出全力，應該也不是妳的對手，不過如果妳不願接受這個條件，那麼站在我的立場，還是只能全力抵抗。」

「就算必須賭上你們所有人的性命？」

男子乾脆地點頭肯定女子的危險言論。

「無論如何，若眼睜睜地放過這個機會，我們一樣是死路一條。」

「別說蠢話了！你想把蘆屋先生跟惠美的爸爸帶去哪裡！」

因為女子的存在而稍微恢復精神的梨香大聲喊道，但只換來男子疑惑的回答：

「所以我剛才不是說過了嗎？我不是要帶走他們，而是要帶他們回去。這位大姊，如果妳的身分跟我猜想的一樣，那應該不會阻止我們帶這兩人回去吧？」

「喂、喂，拜託妳，救救蘆屋先生跟惠美的爸爸！」

儘管這已經稱得上是自暴自棄，但梨香現在唯一能依靠的對象，就只有這位女子了。然而這段對話並沒有梨香介入的空間，完全掌握在這對陌生的男女手上。

「我想妳應該也知道，這位大叔是『我們這邊的人類』，這位小哥也是『我們這邊的惡魔』，他們原本都不存在於地球。所以，這樣沒問題吧？」

梨香的期待落空，馬尾女子乾脆地點頭。

與此同時，女子原本足以將雨水蒸發的壓倒性存在感，也跟著突然消失無蹤。

「好吧。就我的立場而言，原則上也不能妨礙你們。所以別繼續在『這邊』鬧事囉。」

「感謝。」

「不、不會吧！喂！」

高大男子一聲令下，奇特裝束的騎士們重新扛起蘆屋與諾爾德，以及剛才悽慘地撞上水泥牆的同伴。

梨香只能眼睜睜地看著他們。

「喂，你叫什麼名字？」

「……加百列。另外姑且還有個叫大天使的難為情稱號。」

「這的確是有點令人難為情。」

明明眼前有兩位男性正遭到神祕集團綁架，女子依然在雨中開心地笑道：

「喂，小加。」

「這麼突然就幫我取了綽號？」

叫加百列的男子不滿地說道。

「我想你應該很清楚，雖然『我』不會妨礙你們，但其他人我就不能保證了。」

「當然。這是我們的問題，絕對不會再繼續給妳添麻煩了。」

「這可難說喔。再也沒什麼比男孩子的『不會再犯』跟『我有反省』更不值得相信的臺詞了。」

「算我服了妳。我自認算是有點年歲了，不過在妳眼裡，我也不過只是個孩子呢。」

加百列狀似開心地笑道。

「不介意的話，可以告訴我小姐妳的名字嗎？」

「……唔。」

此時被加百列背後其中一位騎士扛起的蘆屋，稍微動了一下。

「蘆屋先生！」

梨香眼尖地發現後，便大聲呼喊蘆屋。

「哎呀，因為身體是人類，所以手下留情太多了。」

加百列看起來絲毫不放在心上。

「這、這是……唔，放、放開我！」

儘管蘆屋努力扭動身體，但依然力不從心，被上前包圍的騎士們制伏。

「唔……鈴、鈴木小姐，妳沒事吧……」

放棄掙扎的蘆屋為了確認梨香是否平安而抬起頭後，便發現全身沾滿泥巴的梨香旁邊站了一位女子。

蘆屋認識那名人物。

在看見女子身影的瞬間，蘆屋讓腦袋快速運轉。

趁艾米莉亞不在日本的期間、來到笹塚的加百列與東大陸艾夫薩汗的騎兵們，以及被抓的諾爾德與自己。

「天禰小姐！」

蘆屋大喊。

沒錯，救了梨香的人，正是銚子的海之家「大黑屋」的臨時店長，大黑天禰。

雖然蘆屋不知道照理是日本死者聖域管理者的天禰，為什麼會來到笹塚，不過即使如此，他現在能依靠的人也只有天禰了。

「請妳轉告真奧，說我在西洋美術館等他！」

「喂，讓他閉嘴！」

在加百列的指示下，蘆屋的嘴馬上就被封了起來。

不過該傳達的事情已經傳達了。

無論接下來發生什麼事，真奧應該都會妥善處理吧。

「原來是天禰小姐啊，喔……」

「沒錯，大黑天禰。雖然我本人不是『黑』。啊，蘆屋老弟，我知道了。只要這樣轉告真奧老弟就行了吧。」

天禰從頭到尾都是一副開朗的樣子。

「『黑』嗎？算了，能夠避免直接跟妳交戰，實在讓我鬆了口氣呢。看來我們這次運氣真的不錯。」

「是嗎？這些孩子可是意外地頑強喔。」

「我知道。不過僅限於這次，或許就連他所依賴的那個人也無法全身而退呢……畢竟他的對手……」
加百列看向遙遠的天空。
「可是將我們世界的『紅』完全納入支配下的男人。對現在的魔王撒旦而言，應該有點勉強吧。」
「將『紅』納入支配下啊。」
天禰聳肩。
「雖然我從來沒聽說過有人能辦得到那種事，不過那終究是你們那邊的事情，我根本就管不著。喂，要走就快點走吧。」
「等……等一下！」
「我知道了。要是妳有遇見他的主人，麻煩幫我向他問聲好。就我個人而言，其實意外地歡迎他呢。」
說完後，男子等人便乾脆地消失了。
多達數十名的男性就這樣抱著蘆屋與諾爾德，像關掉電視般當場從梨香面前消失了。
「……騙人……」
就在梨香無力地癱倒在水窪中時——
「哎呀……」

她所面臨的混亂、恐懼、衝擊以及緊張總算超過了極限，在倒下後便直接失去意識。

溫柔地撐住梨香的身體後，天爾動作熟練地將她扛到背上，環視周圍的狀況。

「真是的……看來他們的故鄉，是個生命之樹非常紛亂無序的世界呢。」

重新背好梨香後，天爾踩著平穩的腳步，走上Villa・Rosa笹塚的樓梯。

幸好二〇一號室的門是開著的。

蘆屋等人之前應該是急著逃離加百列，所以才連門都沒鎖吧。

「稍微打擾他們一下好了。如果不趕快替這位小姐換衣服，可是會感冒呢。」

天爾走進房間後，便將梨香放到廚房的地板前面，然後擅自開始尋找毛巾。

「喔，整理得還不錯嘛。」

佩服地看完蘆屋整理過的衣物後，天爾從中拿出兩條毛巾給自己和梨香用。

「喔？」

接著她發現在洗好的衣物旁邊，有一疊畫得密密麻麻、長得像地圖的紙張。

天爾一面擦拭自己的頭髮，一面瀏覽了一下最上面那張的內容。

「喔～原來是這樣啊，糟糕，得幫這位小姐換衣服才行。」

天爾將手伸向梨香因為服裝怪異的騎士們的暴行，而沾滿了泥巴的衣服。

「好了，真奧老弟，你可別在這時候回來喔。」

明明才剛經歷過那麼混亂的狀況，但天爾的語氣感覺似乎有些高興。

※

「啊……我有非常不好的預感。」

出現在半人半魔的真奧手中那把劍輕如羽毛，像是為了確認劍的狀況般，真奧迴轉劍身並試揮了幾下。

「這不是魔力呢。雖然不曉得具體來說到底會怎樣，不過總覺得晚點會出現奇怪的反彈呢。」

真奧持續發著牢騷。

儘管對自己的力量感到疑惑，真奧還是一面嘟囔，一面以壓倒性的力量在短短幾秒內將五名天兵摺倒在地。

雖然天兵本身的力量遠遠不及他們侍奉的大天使，不過跟加百列的天兵相比，卡邁爾的部下無論裝備還是訓練度都有壓倒性的差異。

要是手上沒有抱著千穗，鈴乃應該也不是無法與他們一戰，但不難想像戰況會比面對加百列的天兵時還要艱苦。

然而剛才的一切真的是發生在一瞬之間。

每當真奧開始移動，聲音與空氣就會跟不上他猛烈的速度，在暴風雨中的頂樓發出巨大的聲響。

天兵們就像被那道聲音嚇昏墜落的飛蛾般，每個人都撐不到一秒便倒地不起。

他們甚至沒有人能看清楚到底發生了什麼事情。

「嗚嗚……要不是有漆原先生的法術，學校的玻璃窗應該會破掉吧……」

雖然千穗因為真奧的出現而恢復了冷靜，不過現場的景象就是壯觀到讓她忍不住含淚抱怨的程度。

跟依然堅持留在高空觀察狀況的卡邁爾相比，即使天兵們就在自己眼前接連被真奧打倒，利比科古還是只能呆站在原地。

「他、他們還活著吧？」

「不知道。」

雖說是千穗提出的問題，但真奧依然毫不留情地回答。

不曉得真奧到底使出了什麼樣的攻擊，每位天兵的紅色鎧甲都像裂開的餅乾般，彷彿隨時都會支離破碎。

「喂，那邊的馬勒布朗契。」

『……是。』

真奧看也不看利比科古一眼。

儘管並未注視對方，但真奧光是一聲呼喊，就讓原本只能默默看著真奧與天兵戰鬥的利比科古當場下跪。

從利比科古現在順從的態度，實在難以想像他剛才還因為手臂遭人砍斷而激動不已，這位馬勒布朗契完全不按住傷口，任憑患處在雨中流血，以此表示服從。

「事到如今，你可別再問我是誰囉？我現在心情很差。雖然你的立場應該也很為難，但我才管不了那麼多。要是你敢輕舉妄動，我就直接處分你。」

『是。』

縱然真奧使用的力量並非魔力，但就連舉止凶暴的利比科古，也知道現在的真奧就是撒旦，以及無論自己如何反抗，都絕對不是他的對手。

「很好，嘿咻……」

真奧點點頭後，便輕輕踏了一下地面，只花一步就跳到了漆原身邊。

「喔，你還活著啊？」

「……別看我這樣，我可是快不行了呢。」

儘管倒在地上的漆原看起來連一根手指都無法動彈，但在真奧的腳映入他的視野後，還是

虛弱地發出了抗議之聲。

「忍耐一下。等一切結束之後，我會送你去醫院啦。」

「……喔，難得看你這麼溫柔呢。」

「在空中那個就是他們的老大嗎？」

真奧仰望上空，那位全身穿著紅色鎧甲的男子依然文風不動。

「我很難想像對方會一開始就盯上你這個沒幹勁的傢伙，你是為了保護小千跟鈴乃對吧？幹得不錯嘛。」

「……就算誇獎我，也不會有什麼好處喔。」

「為什麼你每次都搞不清楚自己的立場啊。我的意思是要給你什麼獎勵啦。」

雖然如果是平常的變身，真奧就能透過將魔力分給漆原的方式治療他的傷口，不過真奧現在身上的力量既不是魔力，也不是聖法氣。

「好了，那邊的天使，這是你們第幾次給日本添麻煩了？」

真奧望向卡邁爾說道。

明明不可能沒聽見，但卡邁爾依然一動也不動。

「唉，如果你直接找我們碴也就算了，但難道你媽媽都沒教過你不管做什麼事情，都要小心別給人添麻煩嗎？嗯？」

雖然惡魔對著天使說教實在是個令人噴飯的場景，但考慮到這位天使的所作所為，就算被人這樣教訓也是無可奈何。

「在這個國家，無論是勸誘人還是請人把東西讓給自己，都會先好好地打招呼、拜託，或是拿出錢來，偶爾甚至還會訴諸法律喔？哪像你們一見面就不由分說地直接用搶的，難道你們都不會為自己野蠻的行為感到羞恥嗎？」

「……魔王。」

卡邁爾好不容易開口發出的聲音，帶有鐵鏽般的音色。

「魔王，撒旦。」

「啊？」

「魔王……魔王，撒旦。」

「怎、怎麼回事？」

隨著利比科古安分下來，現場的風雨也跟著大幅減弱。

因此真奧才得以發現卡邁爾拿著三叉槍的手，正不斷地顫抖。

「魔王……大魔王……魔王，撒旦，撒旦……撒旦撒旦撒旦撒旦撒旦撒旦撒旦撒旦撒口撒旦撒旦撒旦撒旦撒旦撒旦撒旦撒旦撒旦撒旦撒旦撒旦撒旦撒旦撒旦撒旦撒旦撒旦撒旦！」

「怎、怎樣啦，這傢伙感覺真詭異。」

像是在預告情緒激動的導火線般，卡邁爾突然開始連續呼喊真奧的名字。

真奧忍不住後退了一步。

「叫這個名字的男人，又想來妨礙我們嗎？」

「你、你在說什麼啊？一直在妨礙我們的人是你們吧？」

「撒旦，撒旦！！」

「喔哇啊啊！」

那是足以和收拾天兵時的真奧匹敵的神速動作。

才剛看見空中的卡邁爾的三叉槍尖端輕輕晃了一下，他就以彷彿要貫穿真奧般的氣勢瞬間急速下降。

「唔！」

「唔喔喔！」

真奧也以奇蹟般的反射動作，用劍的側面架開長槍。

「喝啊！」

真奧藉由架開攻擊的力道直接旋轉身體，反手一刀揮向卡邁爾受到鎧甲保護的軀體。

即使因為攻勢被瓦解而導致重心不穩，卡邁爾還是漂亮地做出了反應。

雖然卡邁爾揮動槍柄擋下了真奧的攻擊，但天兵的鎧甲還是應聲碎裂，可見這把劍鋒利的程度，不但足以讓利比科古無法馬上發現自己的手臂遭人砍斷，還遠遠超出真奧與卡邁爾的想像。

「咦？」

「嗯？」

想必真奧原本以為這招會被擋下，而卡邁爾也確信自己防住了攻擊吧。

然而真正感受到妨礙的也只有武器交會的那一瞬間而已。等回過神來時，真奧的劍已經直接穿了過去。

「唔！」

卡邁爾發出低沉的呻吟聲，反倒是真奧因為沒想到自己揮出的劍，居然會直接將卡邁爾的槍柄從中攔腰斬斷，並順勢將深紅的鎧甲宛如紙片般斬裂而驚訝得說不出話來。

雖然劍身並未傷及鎧甲底下的部分，不過就連武器在被人一刀兩斷後瞬間決定後退的卡邁爾，似乎也難以相信自己有接下真奧的攻擊。

「……要是能用這種東西，那根本就不用比了嘛。」

儘管獲得了壓倒性的力量，但真奧一想起並非現在的某場遙遠過去的戰鬥後，還是露出了苦澀的表情。

即使如此，真奧還是謹慎地將劍尖指向對方的眼睛，警戒著卡邁爾的一舉一動。

卡邁爾扔掉斷成兩半後已經派不上用場的長槍槍柄，將手貼在鎧甲微微裂開的側腹，然後便不曉得開始在念念有詞些什麼。

「撒旦……撒旦，撒旦。」

「啊？」

就連站在卡邁爾對面的真奧，也能明顯看出這位天使的呼吸正逐漸變得紊亂。

「撒旦旦旦旦旦旦！！」

「你這傢伙到底是怎樣，噁心死了啊啊啊啊！」

真奧本來以為對方是因為鎧甲裂開而感到動搖，沒想到突然激動起來的卡邁爾，居然拿著只剩下槍尖的半支長槍縱身一躍，瞬間縮短了與真奧之間的距離。

「撒旦！！」

即便兩人之間的距離，已經縮短到讓真奧能清楚看見從鐵面具縫隙裡露出的眼睛顏色，但真奧還是輕鬆接下了卡邁爾刺出的短槍槍尖。

真奧並沒有被卡邁爾出乎意料的舉動嚇到，真要說的話，真奧反而還比較害怕他那既恐怖又詭異的態度與言行舉止。

「唔哇！」

然而比起這個，現在發生了一件更加嚴重的事情。

「喂、喂，你看仔細一點啦！」

真奧用來擋下卡邁爾槍尖的劍刃，正開始發揮那優秀的鋒利度逐漸沒入槍的前端。

雖然這是武器性能優秀的證明，不過由於三叉槍前端的溝槽目前正用來抵擋劍刃，要是真奧再繼續破壞對手的武器，剩下的部分就會直接砍進對方的身體。

「武、武器的性能太好也是個問題啊！」

真奧連忙在緊要關頭大聲喊道：

「艾契斯！快點解除！」

『收到，真奧！』

真奧一大喊，便同時發生了兩件事情。

原本被真奧拿在手上的劍，瞬間化為點點磷光失去形體，接著那些光點在原本槍劍相接處的正下方，匯集成一個人的形體。

以光速凝結的光點，讓一個人以光速在該處現身。

艾契斯·阿拉。

與阿拉斯·拉瑪斯同質的存在、從「基礎」碎片誕生的少女。

在少了劍的妨礙後再度恢復推力的槍尖即將刺穿真奧的瞬間，艾契斯以纖細的拳頭從槍的側面將它往上擊飛。

「唔！」

少女看似柔弱的纖細手臂爆發出超乎想像的沉重聲音與威力，將大天使刺出的短槍用力往上彈。

卡邁爾因為受到武器的牽引而失去平衡，連帶導致側腹出現破綻——

「喝啊！」

少女利用全身的體重，再度透過纖細的手臂使出了強烈的肘擊。

「唔呃！」

若考慮到雙方的體格與裝備，明明無論怎麼想都是發動攻擊的艾契斯手肘會先碎掉，然而實際上卻是鎧甲的腹部區塊宛如玻璃窗般布滿了裂痕，卡邁爾魁梧的身軀也在翻了一圈後撞上了頂樓的地面。

與此同時，原本站在艾契斯旁邊的真奧也不知為何背朝下地摔倒在地上。

「真奧！你怎麼跌倒啦！」

「我是為了躲過那把槍才摔倒的啊！」

儘管真奧起身反駁少女蠻橫的指責——

「這都要怪你平常太少練習凌波舞了！」

但少女卻又更加蠻橫地罵了回來。

「哪有魔王平常會練習凌波舞啊！」

「……你們認真點戰鬥啦……」

倒在地上的漆原出言吐槽，但理所當然地無人理會。

「我很認真啊！快點解決掉他們吧！跟真奧相比，這些人才是我的敵人！」

艾契斯發揮出與外表完全不符的強大力量，她一面扭動身體，一面擺出奇怪的格鬥姿勢威嚇卡邁爾。

「唉，只要妳現在願意幫忙，隨便怎樣都好啦……」

真奧將手抵在額頭上思考。

阿拉斯·拉瑪斯之前面對加百列時也曾擺出類似的態度，雖然語氣不怎麼正經，但艾契斯對卡邁爾的敵意似乎是貨真價實的。

若非如此，她應該也不會毫不留情地對卡邁爾使出那樣的攻擊。

另一方面，聽從法爾法雷洛命令的伊洛恩，對惡魔似乎就沒什麼不滿。

難道這單純只是三人個性的差異嗎？

「我覺得應該不是這樣……」

「唔……」

「算了，我本來就不覺得這點程度的攻擊便能打倒他。」

卡邁爾頑強地起身，打斷了真奧的思考。
「撒旦！」
「又是我……你這傢伙到底是怎樣啊……」
真奧確定自己跟卡邁爾是初次見面。基本上在來到日本之前，真奧實際上也只認識一位天使。
「話雖如此，我也不能不分青紅皂白地直接用艾契斯對付你。」
「我無所謂喔！」
「唉，妳冷靜點啦。」
正當真奧一面安撫鬥志絲毫不減的艾契斯，一面思考該怎麼處理目前的狀況時——
「嗯，還是冷靜下來比較好。無論是卡邁爾，還是妳呢。」
一道突如其來的聲音，讓真奧與艾契斯不自覺地拉開了距離。
真奧等人與卡邁爾中間的空間突然產生扭曲，接著一名大漢便緩緩走了出來。
「加……」
「加百列！」
在真奧喊出對方的名字之前，艾契斯已經以遠遠超出面對卡邁爾時的恨意，吼出了加百列的名字。

「怎麼了，怎麼了？」

加百列似乎也感到非常驚訝，睜大了眼睛看向艾契斯。

「等、等等，艾契斯！」

眼見艾契斯不顧驚訝的加百列，整個人就要撲了上去，真奧連忙上前制止。

「幹什麼，真奧！讓我殺了他！」

「我叫妳等一下啦！好不容易來了個看起來能溝通的對象！別突然就殺掉他啦！」

真奧抓著艾契斯的手，看向加百列。

雖說能夠溝通，但最後應該還是會被不正經地蒙混過去吧，不過即使如此，至少加百列看起來還是比卡邁爾或利比科古能用日語溝通。

「艾契斯……？」

另一方面，加百列在看見激動地對自己惡言相向的銀髮少女後，神色複雜地嘆了口氣。

「真是的，怎麼例外一個接一個地跑出來……」

「又是你在背後偷偷搞鬼啊。」

比起驚訝，真奧最先感到的是厭煩。

由於每次只要遇上麻煩都會碰到，因此對真奧而言，加百列已經算是熟面孔了。

「嗯，唉，也是啦，真要說的話，如果之前那些都是表面行動，這次就是貨真價實的地下工作了，你們可以叫我間諜喔。」

加百列自我嘲諷似的聳聳肩，然後對卡邁爾說道：

「卡邁爾，回去了。要是再貪心下去，感覺事情會變得很麻煩。光是有『憑依』在就已經夠麻煩了，剛才還出現了比那些傢伙更恐怖的人物呢。」

「呼——呼——」

「哎呀，你怎麼完全興奮起來了……」

真奧不悅地看著兩位天使啐道：

「喂，加百列，那傢伙看起來有點怪怪的耶。」

卡邁爾像是完全沒聽見加百列的撤退宣言般，只顧著大口大口地喘氣。

「嗯，大概是一見到魔王撒旦，就失去冷靜了吧。」

「我可不記得以前跟他有過什麼恩怨，基本上我根本就沒見過他。」

「唉，有怨言就去向將你命名為撒旦的父母抱怨吧。如果你的名字是魔王太郎，事情應該就會不太一樣了。」

「你這是在瞧不起日本全國的太郎先生嗎？」

「要是有人因此生氣，就幫我跟他們道個歉吧。好了，卡邁爾，走囉。反正無論如何，我們彼此在『這邊』都無法使出全力。而且這裡真的有很恐怖的人在啦。」

「喂，連說明跟道歉都沒有就想逃啊。」

真奧壓低嗓音出言牽制。

雖然真奧原本就打算讓對方自己回去，不過他人也沒好到讓在這裡恣意妄為的罪魁禍首們完全不交代，就直接回去。

「啊，嗯，因為我遇到了讓我想這麼做的恐怖遭遇。」

「啊？」

「嗯……說的也是。喂，在那邊睡懶覺的一流尼特族。」

「你這傢伙……居然趁別人不能動的時候……」

或許是對之前辯輸的事情記恨，加百列像是在揶揄倒地不起的漆原般喊道：

「我之前交給你的名片，你沒扔掉吧？」

「名片？」

這個用在大天使身上似乎有點俗氣的名詞，讓真奧吃驚了一下。

「……雖然上面已經積滿了灰塵，但前陣子我有在抽屜底下找到。」

「好好保管啦。做那個可是要花錢的耶！要是隨便亂丟，我會很難過喔。」

加百列刻意裝出傷心的聲音，然後點頭說道：

「那裡的一流人士知道我的電話號碼，晚點再聯絡他吧。啊，還有這個就當作是附贈的賠

禮。」

加百列在自己面前用力拍了一下手。

雖然真奧與艾契斯警戒地擺出架式，但與此同時，一道淡淡的光芒從加百列腳底延伸至頂樓地面，直到持續包圍了整間學校的建築物後，又瞬間消退了。

「因為若消除暴風雨帶來的損害會顯得不自然，所以這部分就保留原狀，不過我消除了所有被關在校舍內的人這一個小時的記憶，這次就先這樣放過我吧。」

「……」

真奧忍不住看向腳邊，以及背後的千穗跟鈴乃。

「你說這次……意思是之後還會有雪恥戰囉。」

「只要你有這個意願。」

「可以的話，我是希望能免則免啦。」

「就算我說勇者艾米莉亞人目前在我們手上也一樣嗎？」

「…………！」

在某種意義上，這算是預料中的事情。

至今一直在檯面下暗中行動的加百列等人，這次會進行這種幾乎算是暴行的作戰只有一個理由，那就是他們知道能對他們造成威脅的勇者艾米莉亞，目前不在日本。

不過親耳從加百列口中聽見這件事實，還是讓真奧不自覺地板起了臉。

「不錯的臉。怎麼看都不像是魔王會有的表情呢。」

加百列此時首次露出深不可測的愉快笑容說道。

「那麼，後會有期了。魔王撒旦，新的災厄啊。」

※

加百列留下惠美人在他們那裡這項震撼發言後，便與將笹幡北高中鬧得天翻地覆的卡邁爾、天兵以及利比科古一起「回去了」。

他們回去的地方大概不是天界，而是安特·伊蘇拉吧。

「混帳東西。」

真奧對著風雨已經停了的天空啐道。

現在就快要下午兩點了。照理說，這原本應該是真奧順利拿到駕照，並意氣風發地搭電車回去的時間。

「你們要怎麼賠我重考的費用啊。」

在舉起拳頭對著天空抗議後，真奧突然發現一件事情。

他的身體恢復原狀了。
恢復成原本的「真奧貞夫」。
真奧驚訝地看向艾契斯，後者目前也跟他一樣，正朝著加百列消失的天空大聲叫罵。
「……真是的，到底發生了什麼事情？」
無論如何，總之都得先替鈴乃與漆原治療才行。
「小千，妳沒事吧？」
「啊……」
被真奧這麼一問，千穗才開始檢視自己的狀況。
別說是制服了，千穗就連臉跟手都沾滿了漆黑的血漬，看起來充滿了魄力。
「……我沒事。」
雖然千穗堅強地點頭，但還是馬上就淚眼盈眶地說道：
「……這些……全都是，鈴乃小姐的血。她是為了保護我……」
「……這樣啊。」
「唔……啊。」
或許是意識朦朧的緣故，橫躺在地的鈴乃發出呻吟。
「我、我回去教室拿保力美達！只要有聖法氣，就能幫助鈴乃小姐恢復！」

「等、等等，小千！別用那副模樣回教室啦！」

真奧連忙阻止打算以全身是血的樣子回去教室的千穗。

「……總而言之，先回公寓一趟吧。艾契斯。」

「不准逃！給我回來！堂堂正正跟我決鬥啦，笨蛋！」

「艾契斯！」

「你們這些臭天使！下次見面就是你們的死期！給我洗乾淨脖子等著！混帳東西！」

「艾契斯！」

「咦？」

真奧在成功吸引毫不厭煩地對著天空叫罵的艾契斯注意後，便疲累地問道：

「妳能帶著這裡的所有人飛回剛才那間公寓嗎？」

「一、二、三……嗯，小事一樁啦。」

雖然不曉得到底有沒有一一數出來的必要，但艾契斯點頭回應。

「真奧哥……話說這位是……」

首次注意到艾契斯存在的千穗試著問道。

「等等，小千。我們得先帶鈴乃跟漆原回去才行。小千也一起來吧。詳情晚點再說。而且還有惠美的事情。」

「唔！」

千穗倒抽了一口氣。

千穗之前應該也有聽見加百列的話，所以只是現在才重新想起來吧。

「那麼真奧哥，你有打算去救遊佐小姐……」

「包含這件事情在內，總之我們先回去再說吧，艾契斯！」

「真拿你沒辦法！我就送你們一程吧！」

對真奧的指示毫無意義地比出大拇指回應的艾契斯，輕輕拍了一下手後——

「哇！」

「嗚……」

「唔。」

千穗、鈴乃以及漆原便因為自己浮了起來，而各自發出驚訝之聲。

最後等真奧跟艾契斯也浮到空中後——

「盡可能別引人注目，慢慢地飛吧。」

「你的要求還真多耶。不過我會加油，畢竟你是我曾經委身過的男人。」

「……喂。」

真奧在發現背後的千穗忙著注意鈴乃的狀況後，偷偷地鬆了口氣。

雖然少女完全沒說錯，但如果是平常的狀況，這樣的臺詞很可能會引發不可挽回的誤會，讓真奧因此成為惠美聖劍的犧牲品。

「啊哈哈，你的表情真有趣。那我們出發囉！」

隨著艾契斯一聲令下，五人緩緩離開笹幡北高中的頂樓，飛向雨勢變小的空中。

在回程的路上，千穗一直拚命地替鈴乃與漆原擦拭滴到臉上的雨水，並持續地對著他們說話。

「再一下子就到了，請你們稍微忍耐一下。等回到公寓以後，就能去鈴乃小姐的房間拿保力美達了。」

真奧在千穗接受法術修行時，也曾經多次看過那種裝了營養飲料的小瓶子。

據說鈴乃房間裡有大量的存貨。

只要有了那個東西，就能恢復鈴乃跟漆原的基礎體力，因此目前至少可以確定兩人不會有進一步的生命危險。

真奧側眼看著千穗等人的樣子，同時思考有關另一條線索的事情。

等回到公寓後，得盡可能從艾契斯跟諾爾德身上套出情報，整理一下現狀才行。

然後無論彙整出什麼樣的情報，最後都還是……

「要回去……那個世界嗎？」

聖十字大陸，真奧過去差一步就能完全掌握的人類世界，安特・伊蘇拉。

「總覺得每件事情都不乾不脆的呢。」

眺望著底下塞車的首都高速公路，真奧低聲嘟囔道，這是他甚至沒對蘆屋吐露過的後悔。

真奧在內心某處總是懷抱著某個想法，身為人類世界的征服者與惡魔們的首領，自己明明尚未完成所有魔王的責任，就這樣以敗北為藉口悠哉地在日本生活真的好嗎？

學習只能在這個世界學到的東西，然後再帶回魔界，真奧這份志向絕無虛假。

不過在朝這個理想邁進之前，感覺自己還有其他能完成、而且也應該要完成的事情。

「無論如何，都得想辦法調整打工的排班表才行……因為之前沒想過會考第三次試，所以這個月已經沒有空閒的日子了，不曉得有沒有人願意跟我換班……」

這的確也是其中一件非思考不可的事情。

或許是因為正好通過幡之谷站的上空，所以思考才會不自覺地偏離原本的方向，於是真奧重新思考。

「光靠我一個人，真的什麼都辦不到。現在的我……」

包括千穗、鈴乃，以及漆原在內。

「需要大家的力量。」

※

「啊，你們回來啦。喂～」

下方傳來一道熟悉的聲音。

往底下看去的真奧與千穗，在發現某人正從公寓的魔王城房間裡探出頭，朝這裡揮手後大吃一驚。

「天禰小姐？」

「咦？」

那人是曾在銚子的海之家擔任兩人雇主的大黑天禰。

由於她是Villa・Rosa笹塚的房東，志波美輝的姪女，因此就算知道公寓的地址也沒什麼好奇怪的。

不過問題是在那之前，她曾經在銚子海邊引發跟方才的加百列等人一樣的超常現象，並以就人類而言明顯不自然的方式消失無蹤。

「看來又出現一條意外的線索了呢？」

真奧自言自語道，不過幾分鐘後呈現在他眼前的現實，馬上就讓他了解到自己的想法有多麼天真。

「……唔噗。」

真奧突然覺得渾身無力，使得漆原在少了他的支撐後滑到了公共走廊上。

然而無論是真奧，還是將鈴乃攬在肩膀上的千穗，都沒有去幫助漆原的餘裕。

魔王城裡到處都找不到蘆屋與諾爾德的身影，取而代之的是穿著真奧擅自被人拿出來的衣服、全身都是擦傷的鈴木梨香，正宛如昏迷般的熟睡。

「天禰，小姐。」

真奧知道自己的聲音正在顫抖。

「嗯。」

「蘆屋……跟原本待在這裡的大叔……」

「他們在我面前被人抓走了。」

天禰冷靜地扶起倒在走廊上的漆原，乾脆地回答。

「被、被抓走了？蘆、蘆屋先生嗎？」

千穗也變得只能不斷重複天禰的話，無法冷靜地思考。

「我只能保護這位小姐而已。」

天禰以更加冷淡的聲音，指向躺在地上的梨香，並在附近找了個地方讓漆原躺下。

「對方是一群像盔甲武士的集團，以及一個叫加百列的輕佻大漢。」

「「……！」」

真奧與千穗皆難掩震驚。

「看來你們心裡有底呢。」

雖然心裡有底，但完全無法理解。

由於加百列一直在尋找「基礎」碎片與聖劍，因此可以理解他為何綁架惠美的家人。

不過為什麼他要連蘆屋一起抓走呢？

完全無法掌握狀況的真奧，以及不曉得在駕照中心發生了什麼事情的千穗，都因此感到更加混亂。

看見兩人這樣的反應後，天禰點點頭並徐徐起身，將放在蘆屋整理好的衣服旁邊的一疊文件交給真奧。

「這是……」

「雖然我看不懂上面的文字，不過好像是哪裡的地圖。」

「這是蘆屋的字……而且是用中央交易語言寫的……」

「還有千穗妹妹，我看妳還是先幫鈴乃妹妹治療一下比較好吧？雖然妳看起來也被雨淋得

很慘，不過這樣下去可是會得感冒死掉喔？」

天禰催促著原本想從旁窺探真奧手上文件的千穗。

「說、說的也是！鈴乃小姐，我進一下妳的房間喔！」

千穗在回過神來後，似乎決定先從自己辦得到的事情開始處理。

表情已經恢復生氣的千穗，帶著呻吟連連的鈴乃走進後者並未上鎖的房間。

「哇！怎、怎麼會這麼亂……鈴、鈴乃小姐，妳先在這裡坐一下……」

真奧一面聽著千穗在二〇二室內發出慌張的聲音，一面逐漸理解蘆屋留下的文件，究竟記載了什麼樣的內容。

「……這是東大陸的地圖。都市、交通設施、其他大陸影響力大的地區、與艾夫薩汗處於內戰狀態的中央山岳地帶異民族的動向，就連機密的軍事設施都……為什麼他要記下這些東西……」

真奧也知道蘆屋這陣子一直都在寫東西，不過沒想到他居然是在記錄這些資訊。

在思考蘆屋是基於什麼樣的想法留下這些東西之前——

「還有，蘆屋老弟拜託我幫忙傳話給你。」

「傳話？」

天禰開口說道：

「他只叫我轉達『他在西洋美術館等你』。雖然我也不知道這是什麼意思。」

「西洋美術館……是上野那間蘆屋偶爾會去進行調查的地方……」

真奧想起在剛來到日本時，他們曾經為了調查地球上跟魔法文明有關的資訊而跑遍了上野的博物館，參觀那些來自世界各地的文物。

「那是你們世界的地圖嗎？」

「呃，那個……」

話說回來，天禰不但原本就是個不可思議的存在，當初在銚子相遇時，她也不知為何似乎一開始就知道真奧和鈴乃並非地球的人類。

這麼說來，她的阿姨，亦即這棟公寓的房東志波美輝也一樣。

或許是察覺到真奧的疑惑，天禰搖頭說道：

「我之前也說過了吧。小美阿姨沒告訴你們的事情，我同樣也不能說。規矩就是這樣。」

「唔……」

就在真奧為天禰冷淡的態度感到沮喪時，躺在一旁的梨香突然發出一聲呻吟並扭動了一下身體。

真奧原本以為梨香要醒了，不過她馬上又再度變得一動也不動。

照這樣來看，至少梨香現在的狀態比起昏迷，更加接近睡眠，這讓真奧稍微鬆了口氣，然

而——

「……蘆屋……先生。」

「是夢話嗎？」

「…………救命……蘆屋先生……救救我……」

「看來她果然受到不小的驚嚇呢。畢竟她只是普通的女孩子。雖然蘆屋老弟他們也很努力地想保護她。」

對了，惠美跟阿拉斯．拉瑪斯目前都在安特．伊蘇拉。

而蘆屋，跟惠美的父親也一樣。

安特．伊蘇拉，真奧等人原本所在的場所。

不過那裡現在很明顯是「敵陣」。既然如此，到底誰該負責去救他們呢？

有什麼辦法，能夠解救他們？

到底該怎麼做，才能前往安特．伊蘇拉呢？

真奧無法使用自己的力量，艾契斯的力量也還是未知數。真奧的「開門術」原本就是一種利用魔力的技術，即使用別種力量充當法術的動力來源，也無法保證能安定地發動。

那麼，現在有誰能夠開「門」呢？

鈴乃曾經說過，她只要有適當的放大器，就能使用「開門術」。

蘆屋說，要真奧在西洋美術館等待。

「門……對了，就是『門』啊！喂，鈴乃！」

真奧猛然抬頭，衝出魔王城拍打隔壁房間的大門。

「等等，真、真奧哥……！現、現在不行啦！」

雖然從裡面傳出千穗慌張的聲音，但真奧依然毫不在意地把門打開——

「你……」

「啊……」

「真奧哥！」

在踏進房間的瞬間，真奧的臉就遭到一塊繪有奇怪圖案的布直接命中。

「我不是說過不行了嗎！」

千穗抗議地大喊。

在視野被布遮住之前，真奧於昏暗的光線中看見的是正用溼毛巾替鈴乃擦拭傷口的血、並餵她喝營養飲料的千穗——

「魔……王……你、你這傢伙……」

以及將和服褪到胸前，讓千穗幫忙清洗肩膀傷口的鈴乃。

「喔，啊，對、對不起！不過妳們聽我說，這件事很重要，呃啊！」

「好了啦，真奧哥，你快點出去啦！」

「唔耶！」

這次換某個重物隔著布漂亮地命中真奧的額頭，讓他的頭往後仰了一下。

雖然真奧忍不住接著摔倒在地，但還是為了好好傳達剛才想到的事情，連臉上的布都沒拿掉便勉強起身。

「真奧哥！我真的要生氣囉！」

「看來你……非常……想死呢……唔！」

真奧隔著布聽見了千穗，以及儘管有傷在身但依然殺氣騰騰的鈴乃的聲音。

「啊，喂！真奧！你明明早就和我身心相許了，居然還偷窺其他女孩子的裸體！」

即使隔著厚厚的布，真奧也感覺得出來在艾契斯不看氣氛的亂入之下，千穗與鈴乃的殺氣都變得更加強烈了。

「呃，得報警才行……咦，漆原老弟，這房間沒有電話嗎？」

「別看我這樣，其實我傷得還滿重的耶……」

在聽見天禰與漆原哀傷的對話後，總算發現自己太過激動的真奧拉著艾契斯走出房間，隔著關起來的門對鈴乃搭話。

真奧拿掉布後首先映入眼簾的，是一本剛才被丟向自己的字典。

「喂、喂，鈴乃！」

「…………啊？」

不知為何，鈴乃的聲音明明聽起來既低沉又無力，卻還是蘊含著足以讓身為魔王的真奧感到不寒而慄的殺氣。

「晚、晚點妳想怎麼揍我都行，總之現在先聽我說啦！」

「咦，原來真奧有這種興趣啊？」

「艾契斯，妳很吵耶！總、總之，鈴乃！妳之前說過妳只要有放大器，就能打開『門』對吧？」

「…………嗯。」

一聽見鈴乃以低沉到極點的聲音回答，真奧便眼神一亮地說道：

「我找到了！在上野的西洋美術館，有能夠讓妳使用的放大器！」

「……上野？法術的放大器？」

房間內傳出千穗對真奧所說的話感到不解的聲音。

至於鈴乃則是總算恢復冷靜，皺起眉頭回答：

「話、話先說在前頭……唔……」

「鈴乃小姐！」

「我、我沒事……魔王，『天之梯』可是匯集了民眾長年的信仰，並以聖典傳承下來的神殿雕刻為基礎、盡可能附加法術意義上去的建築物，即使在法術放大器中，也稱得上是規模最大的物品。雖然說這種話有點不好意思，但我實在不覺得這附近會有具備了如此高度的術式與信仰背景的東西……」

「有，就是有啊！而且還是在不用花錢就能進去的地方！」

真奧強調著某個莫名其妙的特點說道：

「就是『地獄之門』啊！」

「地獄之……門？」

雖然是這種時候，但鈴乃與千穗還是因為真奧難得說出像魔王的話而面面相覷。

此時，真奧懷抱著確信繼續說道：

「小千妳沒看過嗎？就是擺在上野的西洋美術館玄關外面那座巨大的銅製雕塑品啊！」

千穗擰著溼毛巾，同時試圖回想。

「……印象中，我好像曾經在校外教學時看過……該不會，就是門上坐了有名的『沉思者』的那個……」

「沒錯，就是那個！」

真奧滿意地拍了一下手。

《神曲》的〈地獄篇〉。

那是一則記述了身兼作者與《神曲》主角的但丁，在一位古代詩人的引導下遊歷地獄的敘事詩。那個地獄並非罪人因為生前的罪孽而在最後抵達的苦海，而是被視為一個由聖神所創造的世界。

位於上野西洋美術館的「地獄之門」，是被稱為近代雕刻之祖的奧古斯特．羅丹的作品。包括國立西洋美術館的「地獄之門」在內，全世界總共有七座相同的雕塑品，各自累積著能夠傳承人們思想、信仰以及歷史的故事。

「在舉世聞名的古老敘事詩《神曲》中所提到的異世界入口，其象徵就是『地獄之門』啊！」

「那、那麼……」

「或許……有一試的價值呢。」

「嗯，靠那個一定能打開『門』！喂，鈴乃，漆原，快點把傷治好吧！」

真奧說著亂來的話，把布從頭上拿開後站了起來。

「我們要去救蘆屋、諾爾德跟阿拉斯．拉瑪斯……還有惠美囉！」

續章　勇者，流淚

自從被帶來這間名為貴賓室的牢籠，到今天已經過了兩個星期。

惠美眺望著窗外遼闊的大海，輕嘆了一口氣。

明明就沒有危險，為什麼事情會變成這樣呢？

「媽媽。」

「……阿拉斯・拉瑪斯，要是玩得太過火，可是又會掉下床喔。」

惠美安撫著將裝飾華麗的床鋪，當成彈簧床在玩的阿拉斯・拉瑪斯。

無論怎麼看，惠美的四肢都並未受到限制，而且她跟阿拉斯・拉瑪斯看起來也沒有被人傷害的跡象。

進一步而言，就連眼前這扇窗戶也只是普通的玻璃窗（雖然在這裡，玻璃本身就是一種貴重物品），即使不用特地拿出聖劍，也能用擺在房裡的書桌輕易地敲碎，真要說起來，這個房間門的鑰匙就在惠美手上。

「……大家，應該都很擔心吧。」

惠美正在俯瞰一座名叫斐崗的軍港。

那是一座位於東大陸西北端的海軍基地，而其中有一部分也被當成商港使用，除此之外，基地背後也有著相當規模的城鎮。

這裡是距離艾夫薩汗首都「空之城」最近的港口，雖然原本只是單純的漁村，但由於是艾夫薩汗的支配者統一蒼帝的始祖出生地，因此在歷經數代發展後便成了一座城鎮。

惠美過去也曾在討伐魔王的旅途中經過這裡一次，所以對鎮上的地理有一定程度的了解。

東大陸是魔王軍四天王最後的支配地，再加上艾夫薩汗原本就採取高壓統治的政策，因此跟西大陸的大都市或北大陸的多民族都市相比，就規模而言實在相當欠缺活力。

或許是受到心理作用的影響，從這裡看過去的街景，感覺變得比惠美上次來時還要陰暗。

「千穗，貝爾……對不起……我沒有遵守約定。」

惠美對著安特．伊蘇拉的天空輕聲嘟囔道，在兩個星期內，惠美已經重複了好幾次像這樣的自言自語。

若能直接向對方傳達，那該有多好呢？

打從回到安特．伊蘇拉的第一天起，惠美就知道充滿自己體內的聖法氣之力已經遠遠超過在日本的時候。

如果是現在的惠美，或許能像千穗那次一樣，在完全不依賴放大器的狀況下，使用概念收

發之類的法術也不一定。

然而——

「……」

惠美憤憤地摀住耳朵，阿拉斯．拉瑪斯在聽見那個聲音後，也同樣露出了不快的表情。

『艾夫薩汗忠勇的勇士們！在此發表昨晚於西北海諸島的海戰所取得的戰果……』

惠美認為這應該是每當要運用斐崗這個軍港海戰時，就會為了提振士氣所進行的廣播。

當然這個世界不可能有像地球那樣的電子播放設備，所以背後應該是有什麼相對應的法術原理，不過就結果而言，效果跟擴音器還是沒什麼兩樣。

這裡不但有運用了大規模法術的設備，而且好歹也是座軍事設施，因此應該到處都有設置用來測量軍港內聖法氣使用量的聲納才對。

若惠美在沒有放大器的情況下對異世界進行概念收發，或許會連目前所擁有的最低限度自由都受到限制。

只有自己一個人也就算了，但怎麼能讓阿拉斯．拉瑪斯遭到被關入地牢之類的待遇呢。

當然在那之前還有其他的問題，那就是惠美的手機被沒收了。

基於這些原因，惠美實在無法隨便行動。

雖然惠美一想起抵達斐崗後所發生的事情就會感到懊悔，不過對這裡的人來說，沒收惠美那看起來根本就不像武器的薄型手機實在沒什麼意義。

由於惠美的本行並非法術士，因此若沒有能充當放大器的手機，她實在沒把握能準確地對日本的特定人物進行概念收發。

除了唯一一個例外。

「……不曉得……梨香有沒有事？」

惠美回想起自己在這個狀況唯一能夠聯繫的日本朋友的臉。

千穗即使自己手上沒有任何道具，也能透過對方的手機號碼鎖定概念收發的收訊地。

曾經目睹那個場景的惠美，在日本只有背下一個人的手機號碼，所以她之後就只有精準地鎖定那個人——梨香的手機使用概念收發。

惠美之所以記得梨香的手機號碼，是因為在她剛買手機、還不會使用電話簿功能時，每次都得對著員工通訊錄按號碼的緣故。

由於必須警戒聖法氣的聲納測量，因此惠美只有在軍港開始廣播時才能進行送訊。

軍港的廣播內容十分豐富，除了海戰的戰果以外，還會播報海上的氣候與首都名人的動向，雖然廣播時間愈長，惠美對話的時間就愈充裕——

「……梨香……」

但惠美現在十分後悔自己與梨香聯絡這件事。

梨香對他們這群人一無所知。

既然惠美最後一次跟真奧等人聯絡的日期，和與梨香聯絡的日期不同，那麼在雙方取得聯繫時，真奧與鈴乃或許會發現情況有異也不一定。

不過視情況而定，這也可能會害梨香被捲入安特·伊蘇拉的事情，惠美直到打完第二通電話時，才想到這個可能性。

若梨香因此遭遇危險，惠美到底要怎麼向她道歉才好呢？

「我一直都在對她說謊，這應該算是報應……」

「媽媽……妳沒事吧？」

不知不覺間，阿拉斯·拉瑪斯已經靠到了惠美腳邊，並擔心地抬頭仰望著她。

「阿拉斯·拉瑪斯。」

「喔。」

「……妳以後不可以對朋友說謊喔。」

「說謊？」

看來在阿拉斯·拉瑪斯心裡，還沒有說謊這個概念。

儘管女孩一臉疑惑地歪著頭，惠美還是沒有繼續說明，僅將視線拉回遠方洶湧的海面。

「……話又說回來，就算梨香跟魔王他們取得了聯繫……又能怎麼樣呢。」

漆原大概不會有什麼興趣，至於蘆屋，感覺他就算因此高呼萬歲也不奇怪。

考慮到阿拉斯・拉瑪斯跟惠美在一起，真奧應該多少會有些著急，但基本上還是不會擔心惠美吧。

倒不如說，惠美根本就不希望他替自己擔心。

「我才不希望他替我……」

既然如此，那又為什麼要抱著期待對梨香進行概念收發呢？

「唔！」

惠美用雙手遮住臉，低著頭咬緊牙關。

因為要是不這麼做，感覺某種連她自己都難以置信的思念，將會就此成形並傾洩而出。

這可不是開玩笑的。怎麼能讓那種事情發生呢？

「我才不希望……他來救我……」

怎麼能讓魔王那種傢伙，來解救自己呢。

真要說起來，即使真奧至今確實曾經救過惠美幾次，但基本上他每次都是基於別的目的行動，解救惠美只是附帶的結果而已。

「媽媽，放心吧。」

「阿拉斯．拉瑪斯……」

「爸爸，會來的。」

「……」

惠美並未詳細地對阿拉斯．拉瑪斯說明自己目前的狀況。

惠美並不認為小女孩有辦法理解，而且實際上阿拉斯．拉瑪斯似乎也把這當成是某種外宿，開心地玩得不亦樂乎。

即使如此，阿拉斯．拉瑪斯還是確實地指出了惠美心中最脆弱的部分。

「……聽我說，阿拉斯．拉瑪斯。爸爸他……工作很忙。所以，媽媽自己的事情，必須自己處理才行。畢竟我是勇者啊。」

「勇者。」

「嗯，所以……」

「有人說，妳不可以那麼做嗎？」

「……」

小孩子有時候真的很恐怖。

「說的……也是，不過……嗯。」

惠美逃避了將自己當成母親般愛慕的純真小女孩，所提出的真摯的問題。

「不過就算有人會來，我也比較希望來的是鈴乃姊姊或艾美拉達姊姊喔。」

「我想見，小鈴姊姊。還有小千姊姊、艾謝爾跟路西菲爾。」

「……嗯，說的也是……妳很想他們，對吧？」

「哇噗！」

惠美抱起阿拉斯．拉瑪斯，並以甚至讓後者開始掙扎的力道，緊緊地抱住那嬌小的身體。

明明那麼想回來的安特．伊蘇拉的海風，正折磨著惠美的內心。

此時，惠美因為聽見一陣敲門的聲音，而連忙將阿拉斯．拉瑪斯抱到床上。

「一下子就好，對不起喔。」

惠美解除阿拉斯．拉瑪斯的實體化，恢復融合狀態。

惠美不想讓小女孩看見自己接下來跟進房者對峙時的姿態。

那個與聖劍勇者之名不相稱的，被漆黑感情侵蝕的自己。

在擦了一下眼角並用力吐了口氣後，惠美露出宛如要直接射殺門外對手般的銳利視線。

「請進。」

「打擾了。」

那是一道令人懷念的聲音。

對惠美而言，那曾經是安心的象徵。

然而現在，卻只剩下憎恨。

「……奧爾巴，有什麼事嗎？」

來人是大法神教會六大神官之一、惠美過去討伐魔王的同伴，奧爾巴．梅亞。

雖然奧爾巴在日本的笹塚利用漆原作惡時，最後被恢復惡魔形態的真奧打倒，但惠美後來從一位造訪銚子、叫卡米歐的惡魔口中得知，也不曉得他後來用了什麼手段，居然又在前陣子回到了安特．伊蘇拉。

不過在惠美抵達斐崗並實際見到奧爾巴的臉後，她對這位過去的夥伴所產生的憎恨，強烈到連惠美本人都很驚訝自己內心居然潛藏了如此漆黑的憤怒感情。

「我今天來是有東西要交給妳。別那麼生氣，我很快就會離開。」

「你給我的那些東西，我後來都丟給負責照顧我的女僕了。」

「哈哈哈，雖然我能理解妳恨我的心情，但這個可就不能那樣處理了。畢竟真要說起來，妳就是為了這個東西才來到這裡的。」

奧爾巴經過削髮的頭上，還殘留著似乎是在笹塚之戰中留下的傷痕。

將手伸進法衣後，奧爾巴從懷裡掏出一個看起來沒什麼特別之處的小麻袋。

「為了讓妳也能理解我們會遵守約定，我想還是讓妳親眼看見實物會比較放心，所以特地帶了樣本過來。」

奧爾巴衰老的手上，拿著一個看起來似乎頗有分量的麻袋。

惠美在看見那個用來綁住袋口的草繩，以及被塞在袋子角落的小口袋裡的葉子後，驚訝地睜大了眼睛。

無論是繩子還是葉子，都經過了特殊的加工，那些是在保管穀物時用來預防溼氣、充當乾燥劑的東西。

「從妳的表情來看，妳似乎已經知道裡面裝的是什麼東西了。」

惠美在看見奧爾巴露出不懷好意的笑容，準備解開繩子時大聲喊道：

「等等！要是在這裡打開那個……！」

惠美的視線反覆在袋子與外面的景色之間游移。

「不好意思，要是就這樣把這個交給妳並讓妳妥善保管，那就沒意義了。」

奧爾巴迅速地打開袋子，將內容物倒進擺在門前面的桌上的水瓶裡。

「住手！」

無視於惠美的呼喊，麻袋裡的東西在發出沙沙的摩擦聲後，一下子便浮在海邊特有的含鹽

量高的水面上，然後立刻吸收水分沉入瓶底。

那是小麥的種子。

惠美絕望地看著那些種子沉入水底。

「放心吧。我不是說過是樣本了嗎？我們還有大量的存貨。這樣妳就能理解，我們會確實遵守約定了吧？」

奧爾巴隨興地將麻袋扔到水瓶旁邊，對默不作聲的惠美說道：

「我剛才也說過了，艾米莉亞，只要妳願意乖乖聽話，我就會妥善地把『人質』交給西大陸出身的專家們照顧。不過，要是妳敢稍微輕舉妄動，那結果就是這樣。」

奧爾巴瞄了一眼那些沉到水瓶底部的種子。

「舞臺就快準備好了。在那之前，妳就好好地養精蓄銳吧。」

沒等失神落魄的惠美回答，奧爾巴便直接離開了房間。

直到再也聽不見奧爾巴的腳步聲後，惠美才無力地跪在床上。

沉入水底的小麥種子。

雖說是飲用水，但在經過不同土地、而且還是鹽分濃度極高的水浸泡之後，這些小麥種子已經再也無法使用了。

那就是惠美之所以屈服於宿敵，被看不見的鎖束縛在這裡最大的理由。

『媽媽……』

腦中響起阿拉斯·拉瑪斯擔心的聲音。

不過惠美已經連回答小女孩的餘裕都沒有了。

這算什麼勇者。

自己不過是個即使遭人如此對待，依然無法揮劍相向的無力人類罷了。

「……誰來……救救我啊……」

微弱的啜泣聲，馬上就被湧進港口的海浪聲淹沒，完全無法傳達給惠美本人，以及阿拉斯·拉瑪斯以外的人。

——待續——

作者，後記 ── AND YOU ──

我從以前開始，就對營業用車抱持著強烈的憧憬。

除此之外，我也對這些替日本的產業、物流以及消費活動帶來巨大影響的營業車輛，以及每天開著這些車子工作的人們深感敬畏。

別說是工程用車或機場的那些特殊車輛了，就連平常在街上跑的貨車或營業用廂型車，都能讓我陶醉不已。

第一次開小貨車時，那隱藏在嬌小車體裡的強大力量實在令我大為感動。

第一次開豐田的廂型車時，即使車內載了朋友所有的搬家物品，車子的機動性依然完全不受影響這點，也同樣令我深受感動。

正因和ヶ原是這種人，所以從小就非常憧憬那種經常用來送披薩、附遮雨棚的外送機車。光是附屋頂跟後面有兩個輪子，就讓它跟其他機車看起來截然不同，我真的覺得那樣的設計很帥。可惜目前作者身邊並沒有其他人贊同這一點。

在執筆本書時，我曾經因為覺得這東西既方便又比汽車便宜，而夢想著趁機買一台回來，不過實際調查過後，我只能說真不愧是特別注重機能性的營業專用車。

定價將近一般機車的三倍，這已經是足以買下一臺中古小客車的價錢了。

另外基於和ヶ原的頭很大，只能戴ＸＸＸＬ（64公分以上的尺寸）的安全帽，以及機車保險也是一筆開銷等理由。考慮到所需的總金額，看來買車這件事似乎還得從長計議。

說到附引擎的交通工具，首先會讓人聯想到能擴大使用者行動的半徑與多樣性。

儘管理所當然地也會伴隨一些應負的社會責任（因為持有駕照者負有安全駕駛與遵守道路交通法的義務與責任），但能擴展世界的魅力還是令人難以抗拒。

等這本書抵達各位手中時，應該已經是二〇一三年四月十日以後的事情了。

雖然我想到時候會拿起本書的讀者們應該都已經知道了，不過四月同時也是《打工吧！魔王大人》的電視動畫版開始播映的月分。

繼小說與漫畫之後，《打工吧！魔王大人》的世界也接著擴展到了動畫，雖然能從新角度發現作品的魅力是一種樂趣，不過我認為煩惱著該如何讓作品在各個不斷擴展的領域變得更好，也是身為原作者的責任。

柊曉生老師的原作漫畫，《打工吧！魔王大人》。

三嶋くろね老師的外傳，《打工吧！魔王大人高中版！》（暫名）。

以及從四月開始，由細田直人導演所呈現的《打工吧！魔王大人》動畫版。身為原作者，

若這些作品能對各位讀者享受真奧貞夫與遊佐惠美生活的世界有所幫助，那再也沒什麼比這更令人高興的事情了。

雖然與前述事項並無關聯，但本書《打工吧！魔王大人8》在作中經歷了前所未有的動盪後，呈現給各位讀者觀賞的世界也將跟著逐步擴大。

由於劇情剛要開始擴展，因此《打工吧！魔王大人8》的故事才會採取這樣的形式。

下一集絕對會有急遽的展開，敬請各位務必期待。

關於這次的劇情，是明明兩個世界都產生了激烈的動盪，結果做的事情還是一樣充滿生活感的魔王與勇者們，總算開始自己積極行動的故事。

若想改變自己，就非得自己採取行動才行。

無論魔王、勇者、高中女生、惡魔、聖職者還是天使，應該都是這麼想的吧。

不過無論是基於什麼崇高的目的，不當的失禮言論都是不可原諒的，因此針對這次不負責任的大天使輕率的失言，作者還是一樣要向全國的太郎先生致上最深的歉意，做為這篇後記的總結。

期待下一集能再度與各位見面。

再會囉！

恭喜第八集發售！
我是負責電擊大王版漫畫作畫的柊曉生。
動畫版總算要開始放映了呢！
我已經以一介觀眾的身分開始期待了呢！

新商品試吃
！
沾到醬汁了……
漫畫版最新的第三集，
也請各位多多指教囉…！
2013.4.10
柊暁生
SPECIAL GUEST

新妹魔王的契約者 1 待續

Kadokawa Fantastic Novels

作者：上栖綴人　插畫：大熊猫介

《無賴勇者的鬼畜美學》作者最新力作！
H度破表的格鬥動作小說話題登場！

向高中生東城刃更宣布再婚的父親，帶了成為他繼妹的超級美少女澪與萬理亞回家同住，自己卻跑到國外出差！想不到兩名少女的真正身分，分別是新科魔王與夢魔！但是在跟刃更締結主從契約時，居然出槌變成逆契約，刃更反而變成主人了？

NT$200/HK$55

台湾角川

Kadokawa Light Novels

小惡魔緹莉與救世主!? 1~2 待續

Kadokawa Fantastic Novels

作者：衣笠彰梧　插畫：トモセシュンサク

不良少年×惡魔美眉×天使美少女
有點色色的同居愛情喜劇！

自稱是愛麗絲的兄妹——路西昂和莉絲，他們為了調查緹莉以及觀察聽一郎的變化也來到人界。為了完成使命，他們硬是跟著聽一郎和緹莉去海邊暑假打工，而且連桃惠也要一起去!?不良少年與泳裝美少女的暑假開始了！

台湾角川

各 **NT$180/HK$50**

Kadokawa Light Novels

灼眼的夏娜 S~SIII、0~22（完）

Kadokawa Fantastic Novels

作者：高橋彌七郎　插畫：いとうのいぢ

日本熱賣850萬冊的娛樂動作小說
系列最後的短篇集壓軸登場！

夏娜和悠二前往新世界，吉田一美留在御崎市。彼此將通往怎樣的未來──作者高橋彌七郎再度獻上四則番外篇：〈傷痛〉〈流浪者〉〈傳道者〉〈未來〉〈希望〉，讓屬於夏娜的故事更趨完整，讀完後更有種餘韻常留心中。

各 **NT$180~260/HK$50~75**

台湾角川

Kadokawa Light Novels

©2012 Kugane Maruyama

OVERLORD 1 待續

Kadokawa Fantastic Novels

作者：丸山くがね　插畫：so-bin

大受歡迎的網路小說書籍化！
熱愛遊戲的青年化身最強骷髏大法師！

網路遊戲「YGGDRASIL」即將停止服務——但是不知為何，它成了即使過了結束時間，玩家角色依然不會登出的遊戲。其中的NPC甚至擁有自己的思想。和公會根據地一起穿越的最強魔法師「飛鼠」率領公會，展開前所未有的奇幻傳說！

台湾角川

NT$260/HK$75

國家圖書館出版品預行編目資料

打工吧!魔王大人 / 和ヶ原聡司作 ; 夜隱,李文軒譯.
── 初版. ── 臺北市 :
臺灣國際角川, 2011.11─　冊 ; 公分
──(Kadokawa fantastic novels) ──

譯自 : はたらく魔王さま!
ISBN 978-986-287-462-2 (第1冊 : 平裝) . ─
ISBN 978-986-287-693-0 (第2冊 : 平裝) . ─
ISBN 978-986-287-819-4 (第3冊 : 平裝) . ─
ISBN 978-986-287-923-8 (第4冊 : 平裝) . ─
ISBN 978-986-325-092-0 (第5冊 : 平裝) . ─
ISBN 978-986-325-367-9 (第6冊 : 平裝) . ─
ISBN 978-986-325-542-0 (第7冊 : 平裝) . ─
ISBN 978-986-325-675-5 (第8冊 : 平裝)

861.57　　100020330

Kadokawa
Fantastic
Novels

打工吧！魔王大人 8

（原著名：はたらく魔王さま！8）

2013年11月15日 初版第1刷發行

作者：和ヶ原聡司
插畫：029
日版設計：木村デザイン・ラボ
譯者：李文軒

發行人：塚本進
總監：施性吉
副總編輯：蔡佩芬
主編：吳欣怡
文字編輯：黎夢萍
美術副總編：黃珮君
美術主編：許景舜
美術編輯：蕭毓潔
印務：李明修（主任）、張加恩、黎宇凡、張則蝶
發行所：台灣角川股份有限公司
地址：105台北市光復北路11巷44號5樓
電話：（02）2747-2433
傳真：（02）2747-2558
網址：http://www.kadokawa.com.tw
劃撥帳戶：台灣角川股份有限公司
劃撥帳號：19487412
法律顧問：寰瀛法律事務所
製版：尚騰製版印刷有限公司
ISBN：978-986-325-675-5
香港代理：香港角川有限公司
地址：香港新界葵涌大連排道200號偉倫中心第二期20樓前座
電話：（852）3653-2804
※本書如有破損、裝訂錯誤，請寄回當地出版社或代理商更換。